KEITAI
SHOUSETSU
BUNKO
野いちご SINCE 2009

1日10分、俺とハグをしよう

Ena.

JN179435

STARTS
スターツ出版株式会社

カバーイラスト／霊子

「こっちおいで」

1日10分。

ニッコリ笑って両手を広げるあいつは、今日も私をギュッと抱《だ》きしめる。

女の子たちとは遊び放題。

人の話はまったく聞かない。

自分勝手のワガママ王子。

こんなやつとは関わりたくないと思ってたのに。

「……俺《おれ》が、元カレのこと忘れさせてあげよーか？」

「誰《だれ》にも触《さわ》らせないし渡《わた》さないけど。……千紗《ちさ》は俺のだってもっと自覚してよ」

どうして私は、こんなにドキドキしているの？

1日10分、俺とハグをしよう

登場人物紹介

藤堂《とうどう》泉《いずみ》

千紗と同じクラスのプレイボーイ。
軽い性格で学校一モテる。

志摩《しま》海斗《かいと》

面倒くさがり屋で寝ることが好きな、千紗のクラスメイト。

早乙女《さおとめ》 千紗《ちさ》

基本的に強気だけどたまに
素直な高校2年生。意外と
泣き虫なところがある。

園田《そのだ》 麻美《あさみ》

千紗のクラスメイトでお姉さん
的存在。面倒見がいい。

竹内《たけうち》 陸《りく》

千紗の元カレ。バスケが好きな
スポーツマンで、少し単純。

☆ contents

Chapter. I

▽となりの席のワガママキング

「……っ、最低!!」
２年に進級して、約１週間。
私、早乙女《さおとめ》千紗にとって、とっても悪い出来事が起こってしまった。
思わず、スマホをギュッと握《にぎ》りしめる。
目の前の光景をまだ信じられない……。
「は……な、んでここに……」
「……たまたま、陸《りく》の後ろ姿見つけたから」
放課後、久々にバイトが休みだから買い物して帰ろうと思って、学校近くのショッピングモールをひとりでうろついていた。
そしたら、彼氏《かれし》の陸を見かけたんだ。今日は用事があるって言ってたから、一緒《いっしょ》に帰れなくて残念だなって思ってたんだけど。
彼は、……ひとりじゃなかった。
それでとっさに声をかけたんだ。
「……私、お邪魔《じゃま》しちゃったね」
……どうして、私じゃない女の子と手をつないでるの？
陸とその子はとても楽しそうに、ときおり顔を見合って話をしながら歩いていた。
どこからどう見ても、ラブラブなカップルにしか見えなかった。

どうして？　陸の彼女《かのじょ》は私なのに。私たち、ケンカもしてなかったよ？　なにが起きてるの……？

私の目の前でいまだにつながっているふたりの手を見て、歯を食いしばる。

その場にいられなくて、私は走って逃《に》げだした。

「あっ、おい待てよ!!」

……ごめん、とか、ちがうんだ、とか。

陸はなにも言わなかった。

ねぇ、それって浮気《うわき》を肯定《こうてい》してるようなものじゃない？

「ぅ……っ、ひっ……」

たしかに最近はバイトが忙《いそが》しくて、ちょっとしかかまってあげられなかったけど……でも毎日電話してたし。

私はそれをはげみにがんばってたのに……！

「……っ最悪」

歩きながら泣いてる姿っていうのはかなり普通《ふつう》じゃないらしく、まわりの人たちにすごく見られてるけど、いまはそんなの気にしていられない。

……なにがいけなかったの……？

さっきのふたり、幸せそうだった。

女の子もとびきりの笑顔を陸に向けてて、女の子を見る陸の表情も優しくて……。

私が声をかけなければ、陸はこっちに気づくこともなかっただろうな。

陸のとなりは、私の場所だったのに。いつまでも一緒にいられると思っていたのに。

好きだと思ってたのは、私だけだったのかなぁ。

こんなことになるなら、まっすぐ家に帰るんだった。

大好きな陸がほかの子と手をつないでるところなんて、見たくなかったよ……。

「わっ」

あぁ、もう！

メソメソ泣きながら下向いてるから誰かにぶつかっちゃうし。

「ご、ごめんなさい」

私今日、絶対《ぜったい》ついてな……。

「あれ、早乙女さんだ」

その声に顔を上げれば、そこには知ってる顔が。

彼は、私のとなりの席に座っているクラスメイトだ。

「うわー、あからさまに嫌《いや》な顔しないでー」

そして私は、この人のことが苦手。

そのことは本人も自覚済みだ。

「で、なんで泣いてるの？　かわいい顔が台なしだよ」

「……うるさいっ」

「あ、また嫌な顔。本当俺のこと嫌《きら》いだよねー」

よりによって、なんでこんなときに……。

タイミング悪いよ……。

「……なんでもないから」

「そう？」

「ていうか、女の子待たせてるとかじゃないの？」

「あ、そーだった」

駅前で待ち合わせしてるんだって、聞いてもないのにＨＲ《ホームルーム》のときに教えられたんだよね。

「じゃあね、早乙女さん」

彼の名前は、藤堂泉《とうどういずみ》。

学校一のモテ男にしてプレイボーイ。

180センチ近くある身長、手足の長い細身の体型。

切れ長の二重と通った鼻筋……とにかく整ったその顔立ちは、学校中の女子だけじゃなく女性教員たちの視線も集めている。

こんなに容姿が整っている人を、女子が放っておくわけない。

藤堂のとなりにはいつもかわいくて綺麗《きれい》な子たちがいるし、当の本人は女の子なら誰でもいいんじゃないかっていうくらい、目に入った子なら誰にでも声をかけてる。

授業中はというといつも寝《ね》てるし、人の話は聞いてるのか聞いてないのかわからないし……マイペースすぎ。

とにかく、私の苦手なタイプ。

「ほらねっ、だから言ったじゃん！　もっと陸くんとの時間取ってあげなよって」

翌日の学校は、朝からもうほんっとうに行きたくなくてギリギリまで寝てたけど、結局お母さんに叩《たた》きおこされた。

親友の麻美《あさみ》には、昨夜メッセージアプリで陸のことを軽く伝えておいた。

それもあって、私が朝教室に着くなり飛んできて、前の席の椅子に後ろ向きに座り、第一声をあげたのだった。
「ねぇ麻美、私の目腫《は》れてる？」
ビシッと私のことを指さしている麻美にそう聞くと、ただため息をつくだけ。
……わかってるよ、もっとふたりの時間を作ればよかったってことでしょ？
「休みの日もバイトばっかりだったもんね。そりゃ、ほかの子に行っちゃうのもわかるわ」
「ちょっと、どっちの味方なのっ」
「だってまだ付き合って３ヶ月だったじゃん。ふたりの時間が大事〜ってときじゃん！」
麻美の言いたいことはわかるし、私もそうしたいと思ってたよ、ちゃんと！
……でも。
「……ちょうど１ヶ月後、陸の誕生日だったんだもん」
いままで貯金なんてほぼしてこなかった。
陸は私の初めての彼氏だから、ちゃんとしたプレゼントあげたいって、それでバイトを始めたのに。
「でっかい夢見てたら、肝心《かんじん》な彼氏、離《はな》れていっちゃった」
……あ、やばい。泣きそう……。
「千紗……」
つらかったね、なんて麻美がポンポン頭をなでてくるから、まだ１限目も始まってないのに早くも号泣しそう。
「陸くんとちゃんと話したの？」
「ううん、してない。……でも“もう終わりにしよ”ってメッセージ送った」
「まぁ、千紗がそれでいいなら私はなにも言わないけど」
するとHRの時間を知らせるチャイムが鳴り、先生が教室に入って、麻美は席に戻《もど》った。
ズビッと鼻をすすってティッシュを探す。
昨日の女の子……同じ制服だった。でもリボンの色は1年生のものだった。
後輩《こうはい》に手を出すなんて、陸のやつ……。
……かわいい子だったな。目はぱっちりしてて、切りそろえた前髪《まえがみ》がサラサラの、ショートヘアがよく似合う小動物系。
私の背は160cmだけど、背丈が近い子が好きだって言ってたし、千紗の長い髪綺麗だねって褒《ほ》めてくれたこともあった。
……それなのに！　よりによってショートヘアで身長低い子って……。私と正反対の子じゃん！
悲しみに加えて怒《いか》りがわいてきたそのとき、教室の扉《とびら》がガラッと開いた。
「また遅刻《ちこく》か、藤堂」
その名前にピクッと肩《かた》を揺《ゆ》らした。
「え、ギリセーフっしょ」
昨日あんなところ見られたし……なにか言われたらどうしよう。
まぁ、藤堂は私に興味なさそうだし！　大丈夫《だいじょうぶ》か。
……って、めっちゃ見てるんですけどっ!?

頬《ほお》づえついて、ニヤニヤしてるしっ。

ムカつく！

すっごくムカつく！

「目腫れてるね、号泣しちゃったの？　俺でよかったら話聞くよ。いつでも連絡《れんらく》して」

そう言って渡された小さいメモ用紙を見ると、藤堂の連絡先が書かれていた。

やっぱり、この人チャラ男だ……。

藤堂だけは好きになれない。

「あ、ねぇちょっと早乙女さんってば。こっち向いてよ」

プイッとそっぽを向くと、そんな言葉が飛んでくる。

誰があんたのことなんか……！

「おはよう、いーずーみっ」

「あー、おはよう」

藤堂と話してる間にHRは終わっていて、やつはあっという間に女の子に囲まれている。

いきなり抱きつく子にも、まわりにむらがる子にも、思うことなんてただひとつ。

どこがいいんだろう。

たしかに、気だるい感じだけどどこか色気もあるし、着《き》崩《くず》した制服も似合ってるし、右耳にだけつけてあるシルバーのピアスもサマになってる。

つまりまぁ、外見はいいんだけど、人ってやっぱり中身だしっ。

藤堂は来るもの拒《こば》まずだし、なんかテキトーっていうか。

私は、そんな人を彼氏にするより、部活とかなにかを一生懸命《けんめい》がんばってるような人のほうが……。

バスケ部だったよなぁ、陸は……。

こんなときでも、思いうかぶのは陸の顔。

思わず、はぁっとため息をつく。

私、どれだけ陸のこと好きだったんだろ……。

っと、ダメだ！　このままじゃ陸のことズルズル引きずる重い女になってしまう！

「おらー、席つけー！　みんなの大好きな数学の時間だぞ」

ペチンとほっぺたを叩いて、教科書とノートを取り出す。

さっきまで女の子に囲まれてニコニコ笑っていた藤堂は、いつの間にか机に突《つ》っ伏《ぷ》して眠《ねむ》ってる。

授業中というのは、彼にとって睡眠《すいみん》時間みたい。

たまに保健室でサボってるって聞いたし、やっぱりふまじめだ。

「おーい、藤堂起きろー。俺の授業で寝たら課題出すって言ったの忘れたかー」

生徒には冷たいけど、教え方が上手なことで人気な数学の先生。

その言葉も聞こえないのかな？

まったく起きる気配がないけど……。

「はい、藤堂課題決定な。じゃあ28ページ開いてー」

いけないいけないっ。藤堂のことなんか、いまはどうでもいい！

ぶんぶんと首を振《ふ》って、シャーペンをギュッと握った。

「早乙女」
「はい？」
放課後。家に帰ってひたすら映画を見ようと思いながら玄関《げんかん》に向かっていたところで、先生に声をかけられた。
「お前藤堂と席となりだろ？　あいつにこれ渡してやってくんねーか」
「えっ……」
それは……それはとっても嫌なお願いごとだよ、先生！
それに！　理由が“席がとなりだから”って！
「先生が自分で渡せばいいじゃないですかっ」
「俺はこれから職員会議なんです」
「しょ、職権乱用……!!」
「バカ、本当のことだし」
ほれ、なんて言いながら渡してくる数学のプリント５枚。うわぁ、こんな量、私だったら絶対嫌だ。
「そーいやお前、この前の小テストの結果さんざんだったな」
「えっ、それいま関係な……」
「勉強のためにお前のぶんも用意しようか？」
「藤堂にこれ渡すんですよね？　任せてくださいっ！」
……もう！　これこそまさに職権乱用じゃない？
そんなこと言われたら引き受けるしかないじゃんかっ。
あーあ、帰るの少し遅《おそ》くなっちゃうな。
私の映画鑑賞《かんしょう》タイムが……。
早く藤堂を見つけないと。

教室に戻ってやつの席を見るけど、カバンはない。
「帰ったのかな……」
一階に降りて靴箱《くつばこ》の中を見てみると、靴はまだあった。
教室にいない、ということは屋上？　でも放課後は鍵《かぎ》が閉まってるし。
じゃあ、残る場所はあそこしかない。

廊下《ろうか》を歩きながら、うーんとうなる。
こんなことになるなら、私も麻美みたいに早く帰ればよかった。
ピタリと足を止めたのは、保健室。
なんか……藤堂と保健室って、すごく危ないというか、絶対組みあわせちゃいけないものだと思う。
ま、ここにやつがいるかどうかもわからないんだけど！
――ガラッ。
中に入ると、ツンとくる独特なにおい。
誰もいなそう、だけどな……。
奥《おく》まで歩いて、それから、いくつか並んであるベッドを見てまわる。すると。
「……ひっ！」
ベッドの脇《わき》の椅子に座って窓枠《まどわく》にもたれかかり、組んだ両腕《りょううで》に顔をうずめてる人がいる。
び、ビックリした。
この人、藤堂だよね？
ていうかなんでこんなところで寝てるの？

「……と、藤堂」
　先生からの課題を渡さなきゃ私も帰れない。
　だから、藤堂を起こそうと肩を控《ひか》えめに揺らしてみる。
「藤堂ってば、起きてっ」
「んー……」
　眠そうな声を出す藤堂。
　……猫《ねこ》みたい。
「あ、れ。……どーして早乙女さんがここにいんの」
　ふわりとあくびをして、まだちゃんと開いてない目で私のことを見る。
　吐息《といき》交じりのその声、い、色気がすごい。
「先生からこれ、あんたに渡しとけって」
「うわー……最悪」
「寝てるからいけないんだよ、自業自得」
　ふっ、とバカにするように笑ってやった。
　どうだ！　今日ニヤニヤしながら私を見ていたから仕返しだ！
「……ほんと、俺のこと嫌いだよね、君」
　ニッコリ甘《あま》い笑顔を私に向けてきたって、無駄《むだ》なんだから。そんなの私にはきかないもん。
「あんたみたいな人、苦手」
「へぇ、言うね」
「ふんっ、どうせ女の子はみんな俺のこと好きとか思ってるんでしょ」
「すごーい、どうして俺の思ってることわかったのー」

「その言い方っ、腹立つ！」

　モテる男っていうのはみんなこうなのかなぁ!?

「……早乙女さんて、なんていうか強気だよね。かわいげないよ？」

　なっ……！　そんなこと、あんたに言われなくてもわかってるし！

　ていうかそれ、もう悪口じゃないっ！

　ニヤッと笑って私を見る藤堂をにらむ。

「でも、強気な早乙女さんが彼氏と別れて顔ぐちゃぐちゃにしながら泣いてたの、なんかそそられたな」

「なっ……はぁ!?」

　なに言ってるのこの人……。ううん、そんなことより！

「ど、どうして別れたこと知ってるの？」

「どーしてって……もう噂《うわさ》になってたし、陸くんだっけ？人気者だからねー」

「……そうなんだ」

　たしかに私は“もう終わりにしよ”ってメッセージ送ったけど、陸からはなんの返信もない。

　それでも別れたって噂になってるっていうことは、彼がまわりにそう言ってるんだろうな。

　おしまいなんだ。

　もう本当に、陸と私は終わったんだなって実感したら、涙《なみだ》が出そうになる。

「泣いちゃう？」

「だっ、誰があんたの前で泣くもんですか」

バカにされるに決まってるもん。絶対泣かない……。

「どこまでも強気だね。かわいげないけど好きだよ、俺は」

燃えてくるよね、なんてクスクス笑いながら言うから、もう無視することにした。

いちいち藤堂にかみついてたら、こっちが疲《つか》れちゃうもん。気にしない気にしない。

くるりとやつに背中を向けて保健室を出ようとした、そのとき。

「待って」

「えっ」

腕をつかまれ引っぱられると、次の瞬間《しゅんかん》ギシッというスプリング音が聞こえた。

いつの間にか藤堂に押《お》したおされてる！

なにこの状況《じょうきょう》……。

目の前には、こちらを見下ろしながら綺麗な笑顔を浮《う》かべている藤堂。

な、なにこれ？

「ちょっと！　あんたなにして……」

「べつにー、なにも？」

「ひゃっ……く、首触らないで！」

藤堂が、私の首筋を指でツーッとなぞる。

『なにも？』って言いながら、してるじゃないっ！

バカじゃないの？

「へーかわいい声出るじゃん」

そんなこと言うから恥《は》ずかしくて、きっと顔は赤くなってるし、それを見てまたクスクス笑われるし、ほんとに屈《くつ》辱《じょくてき》的だ……！
「ちょっと、からかうのやめて！　さっさとどきなさいよっ」
「いいの？」
「なにそれ……いいからどいてほしいんだけど」
「ふーん？」
　ニヤリと意地悪く笑い、それからやつは私の耳もとに唇《くちびる》を寄《よ》せて、そっとささやいた。
「……俺が、元カレのこと忘れさせてあげよーか？」
「ち、近い……！」
　男の子とこのぐらい密着したのは久しぶりで、こんな甘いこと言われたのも久しぶりで……藤堂のことは嫌いなのに、悔《くや》しいけどドキドキしてる。
　……いや、でも、ドキドキしてるのはこういうこと久しぶりだからでっ。ていうか忘れさせてあげるってなに！
　陸とキスしたり、ベッドの上で抱きしめあったのは片手《かたて》で数えられるくらいだし。
　忘れるもなにも、そんなに、思い出ないし。
　……そういえば、手をつなぐのも時間かかったな。
　陸が見かけによらずシャイで、でもだからこそ、初めてつないだときは本当に、すごく……うれしかったっけ。
「早乙女さん？」
「え？」
　ずっと笑ってた藤堂が、目を丸くしてる。

　なんでそんな顔してるの？
「……意外と泣き虫なんだね」
　小さな声でそう言って、私のほっぺたに手を添《そ》える。
　藤堂から言われて初めて、泣いてるってことに気づいた。
「俺に押したおされてるっつーのに、頭の中ほかの男とか上等」
　ふっ、と冗談《じょうだん》っぽく言いながらも、親指で私の涙をすくった。
「……最悪……」
　詳《くわ》しい事情を知らない人の前で、泣いちゃうとかありえない。
　藤堂にはとくに見られたくなかった。
　片腕で目もとを隠《かく》しながら起きあがる。
　昨日たくさん泣いたから、もう涙なんて出ないと思ってたのに。
「ごめんね」
「……え」
「なにか嫌なこと思い出させちゃった？」
「………ううん、ちがうの」
　泣いたのは、藤堂のせいじゃない。
　……私が勝手に、陸と重ねただけ。
「私、もう帰る」
　謝ってきた藤堂は、心配そうな顔をしている。いつもは笑ってるくせに。
　ベッドから降りて、保健室を出ようと歩きだす。

だけどその瞬間、腕を引かれたので後ろを振りむくと、ふわりと藤堂のにおいに包まれた。

「……な、にして……」

すぐに離れようと胸を押すけど、逆に強い力で抱きしめられるわけで。な、なにがなんだかわからない……。

「人ってさ、抱きしめられると安心する生き物なんだって」

「……え」

ポンポンと頭をなでながらそう言った藤堂に、目をパチクリすることしかできない。

もしかして、慰《なぐさ》めてくれてる……のかな？

「わ、わかった、ありがと。わかったからもう離れてっ」

「あ、ドキドキした？」

「してないっつーの！」

軽く叩こうとしたらバッと離れられて、右手が空《くう》を切る。

藤堂は両手を振って「冗談だよー」だって。

やっぱり嫌いだっ。

「ねぇ」

そっぽを向いて今度こそ帰ろうと足を動かしたとき、また腕をつかまれるから、ちょっと警戒《けいかい》しながらゆっくりと振りむいた。

「早乙女さんて、俺にキョーミないよね」

「……まぁ、あんまり……？」

どうして急にそんなこと。またなにか企《たくら》んでるの？

「じゃあさ、ハグ友になろうよ」

……ハグ、友？

待って、なにそれ。

ハグって……さっきみたいなやつだよね？

その“友達”ってなに？　キス友みたいな？

えっ……？

「……はぁ!?」

△恋愛《れんあい》未満のハグトモ

藤堂泉について知ってること。
ひとつ目、学校一のモテ男。
ふたつ目、学校一のプレイボーイ。
三つ目、授業中はよく寝る。
四つ目、右耳にだけピアスをつけてる。
五つ目……。
『じゃあさ、ハグ友になろうよ』
こんなことを言う変態野郎《やろう》。

朝のHR前の教室。そろりととなりの席を見て、ホッと息をついた。
よかった……今日も来なそう。
あんなこと言っておいて、最近まったく学校に来てないけど……。
いやっ、残念とかこれっぽっちも思ってないし！
ハグ友って……本当、頭どうかしてる。
まわりにいくらでも女の子いるんだから、自分のことを好きな子に頼《たの》めばいいのに。
あともう少しでチャイムが鳴る時間。
チラッと時計を見て、スマホを確認するとメッセージが届いていた。
《風邪《かぜ》ひいた》

麻美からだ。すぐに返信して、ため息をつく。

今日は麻美もお休みか……。

お昼ごはん、誰と食べようかな。

そんなことを思っていたとき、教室の外から聞き慣れた声がした。

私の席は廊下側の１番後ろだから、ちょっと動いただけで扉から顔が出せるんだ。のぞいてみると。

「……あ」

……見なきゃよかった。

好きだった元カレがほかの女の子と楽しそうに笑ってるところなんて、誰が見たいって思うのよ……。

あぁ、最悪！　朝からこんな気分になるなんて。

いたたまれなくなって、ガバッと机に突っ伏した。

なんだか最近ついてない……!!

HR終了《しゅうりょう》のチャイムが鳴っても、私はずっと目を閉じていた。

「じゃあこの問題を、出席番号27番の人やってー」

先生の声でハッと目を覚ます。

私、寝てた……？

いまはどうやら現代文の時間。

てことは、１時間以上も寝てたってこと!?

うわぁ、やってしまった。

ただでさえ現代文は苦手なのに。

あわてて教科書とノートを出すと、となりでクスクス笑う声がした。

　この笑い声……ま、まさか……。

「おはよー、早乙女さん」

　藤堂……。いつ来たんだろう。

　朝はいなかったはず……。

「うたた寝なんてめずらしいね。寝起きもかわいいよ」

　頬づえをついて首を傾《かたむ》けている。

　……サマになってるのがムカつく。

　藤堂が来たってことは、私がやるべきことはただひとつ。

　とにかく、ふたりっきりにならないこと！

　また変なこと言われたりされたりするのは、こりごりだから！

　私はゴクリとツバを飲みこんで、わざとらしくふんっとそっぽを向いた。

　すべての授業が終わった放課後。

　どうして、早く帰りたいときに限って日直の仕事があるわけ？

　もう誰もいなくなった教室で、はぁとため息をついた。

　今日はなんだか疲れたな。

　藤堂から逃げようと、休み時間はギリギリまで女子トイレにいたし。

　お昼休みは急いでお弁当食べて教室から出て……逃げきったかと思ったら、ついてきたし！

『ねぇ、早乙女さーん、そろそろハグしようよ?』

『ばっ、バカじゃないの!?』

　廊下で、しかも人がいっぱいの中で言うもんだからどうしようかと思った。

「……とりあえずさっさと終わらせちゃおっ」

　黒板消しをクリーナーにかけながら、チラリと藤堂の席を見る。

　カバン……まだあるんだよなぁ。

　てことは、まだ学校にいるわけで。

　また保健室にでもいるのかな？

　ていうかあいつ、あのとき保健室でなにしてたんだろ。

　綺麗になった黒板消しを戻して、窓を閉めてカーテンもまとめて。

　日誌はもう書いたし、あとは職員室に持っていくだけ！

　藤堂が来る前に全部やり終わったし、これで帰れる！

　カバンを肩にかけて職員室へ向かい、先生に渡すと玄関に向かう。

　麻美、明日は来るかなー。

　吹奏楽部《すいそうがくぶ》の楽器の音や、運動部のかけ声が遠くのほうで聞こえる、私以外誰もいない廊下を歩く。

　階段を下りようと、角を曲がった瞬間。

「え……っ！」

　グイッと引っぱられる腕。

　壁《かべ》に押しつけられて、あぁって思った。

　ゆ……油断した。

　目の前でニッコリと綺麗な笑顔を浮かべるあいつ。

「やっと捕《つか》まえた」

まだ学校にいたってこと、忘れてた……。

「最後の最後で捕まっちゃうなんて、ついてないねー」

「ちょっ、と！　距離《きょり》！　近い！」

横にズレようとしたら、やつの腕が伸《の》びた。

こ、これっていわゆる壁ドンってやつじゃない？

マンガで読んだ……。

「ダメだよ、早乙女さんすぐ逃げるから」

「あたり前でしょ！　ふたりっきりになったらなにされるかわからないし」

まぁ、もうふたりっきりになっちゃってるけどね！

「俺、ずっと逃げられて寂《さみ》しかったんだけど？」

知るか、そんなの。

プイッとまたそっぽを向くと、彼はクスクス笑った。

「こっち向けって」

顎《あご》をつかまれ、強引に藤堂のほうを向かせられる。

「せっかく俺らハグ友になったのにさー」

「お、オッケーしたつもりないっ」

「早乙女さんに拒否権《きょひけん》はありませーん」

な、なんてやつなの!?　そんなの自分勝手すぎる！

「誰があんたなんかと！　ほかの子に頼めばいいじゃんっ」

「それじゃダメなんだって」

クイッと上を向かせられると、藤堂が近づいてくる。

少しでも動けばキスしてしまう距離で、

「……俺が、早乙女さんがいいの」

そうささやいた。

「なっ、にそれ……」

意味わかんない。……それなのに、どうして私はこんなにドキドキしてしまうの。

……なんて、絶対藤堂の色気のせいだっ。

こんなふうに言われたら、誰だってドキドキするし、顔だって熱くなる。

……藤堂はきっと、わかってやってるんだ。ズルいやつ。

でも、だからってわたしはハグなんて嫌だし！

どうすればあきらめてくれるのかな。

そんなことを考えていると、廊下を曲がったすぐ先で声がした。

誰の、だなんて考えなくてもわかる。

「……陸」

無意識につぶやいてしまった自分に気づいて、カァァッと顔が熱くなった

聞こえてくるのは、陸のだけじゃない。

朝も一緒にいた、あの女の子の声。

きっと、この前一緒に手をつないでいたあの子だ。

「ねぇ、早乙女って長いから下の名前で呼んでいい？」

「な、はぁ？」

いきなりすぎるよ？　それにこの状況、わかってるのかな。それとも、陸たちの声が聞こえないだけ？

こんなこと聞いてる場合じゃないんだよ？

……あぁ、でもそっか、藤堂にはもともと関係ないこと

だもんね。
「あ、“ちー”とかどう？」
　その言葉に、目を丸くする。
『ちー！　俺スタメンに選ばれたんだけど！』
　……ダメだ、その呼び方は、ダメ。
　あわてて藤堂の口を押さえて、首を振った。
「……っそれ、嫌だ」
　どうしたって、陸のこと思い出しちゃうんだもん。
「ふーん……」なんて言う藤堂の声。でも。
「ちー？」
　嫌って言ってるのに、それでもその呼び方で呼んでくるのは、嫌がらせ？
「ねぇ、ちーぃ？」
「ちょっといい加減に……っ！」
　顔を上げて藤堂をにらもうとすると、やつはぐしゃぐしゃっと、乱暴に私の頭をなでた。
「……ねぇ、本当は寂しいんでしょ」
　私の顔をのぞきこんで、意地悪く笑う。
「少し前まであーやって楽しそうに話してたのは、あんたのほうなのに」
「な……」
「いまじゃちがう女と一緒だもんね」
　なにも言えない私に、またクスッと笑みを浮かべる。
　この人は本当に……。
「ちょうどいーじゃん、俺のこと利用すれば？」

「…………」
「俺もあんたのこと利用するし」
　本当に……嫌なやつ。
　利用ってなにそれ、意味わかんないし。
　ぐっと唇をかみしめる。
　陸たちの声は、もうすぐそこ。
「いいの？　このままじゃ俺と一緒にいるとこ見られちゃうよ」
　藤堂は、本当に自分勝手で、ワガママ。
　……こんなやつにしか頼《たよ》れないなんて、本当、
「おいで、千紗」
　最悪だ。
　あいつが広げた腕の中に、飛びこむ。
　ふわりと石けんのにおいがした。ギュッと抱きしめられて、ドキドキする。
「……１日10分ね」
　なんて耳もとで言う声がくすぐったくて、陸の声が通りすぎると、なんだか泣きそうになった。
　あぁ、私寂しいんだなって自覚して、藤堂の背中にまわした腕に力を込《こ》めた。

▽さよなら私のモトカレ

「千紗、これ見て！　新しいパンケーキ屋さんができたんだって！」

風邪が治ってすっかり元気になった麻美は、お弁当を食べてる私に自分のスマホを見せた。

相変わらず甘いもの好きだなぁ、麻美は。

「へぇ、おいしそうっ」

「でしょでしょっ！　今度、放課後一緒に行こうよ」

「行く！」

新しくできたパンケーキ屋さんは、学校の最寄り駅に近いみたい。

麻美は、ホームページの写真を見ながら目をキラキラさせている。

そのお店は外装がオシャレでかわいいし、メニューのパンケーキはどれもおいしそう！

早く行きたいなぁ。

「いつ行こっか？　千紗の空いてる日でいいよ」

「んと、来週ならいつでも！　まだバイトのシフト希望出してないから」

昼休みの教室は、みんなご飯を食べながら楽しく話していて騒《さわ》がしい。

麻美も楽しそうに話してたのに、突然《とつぜん》暗い顔になる。

……急にどうしたの？

おなかいたいとか？

それともなにか嫌なことでもあったとか？

「千紗……まだバイト続けてるの？」

「えっ、私？」

私のことでそんな暗い顔させちゃってるの？

「……だって、元はといえば陸くんのために始めたバイトでしょ？」

少し言いづらそうな麻美に、あぁって納得した。

「たしかにそうだけど……でも、いまさらやめるのもなぁ、って。お金貯まって遊び放題だし、このまま続けるつもりだよ」

陸のために貯めてたお金は、うんと高くてかわいいものを買うためにでも使おう。

うん、それがいいや。

「そっか。あんまりムリしちゃダメだよ？」

美人で、大人っぽくて優しい麻美に心配をかけてしまうなんて……私ったらなんてやつ。

「大丈夫！」

「ほんとのほんとに？」

「うんっ」

パッと笑ってみせると、なぜかため息をつく麻美。

ええっと……な、なんで？

「もう、どうして千紗はひとりで抱《かか》えこもうとするのかなーっ」

「えっ」

「無意識なの？　そういう性格なのっ？」
「え、麻美……ってちょっと!!　スマホ！」
いきなり机の上に置いておいた私のスマホを手にとって、バッとロック画面を見せてきた。
「これ、私が気づいてないとでも思った？」
「うぐ……、お、怒《おこ》らないで！」
ロック画面は、陸と付き合ってたときと変わらずそのまま。……私と陸のツーショット。
「まだ好きなんでしょう？」
「そ、そんなこと……」
ない、って素直に言えないのはどうしてだろう。
……ううん、だって陸はほかの女の子と手をつないでたんだよ。
楽しそうに、笑いあってたんだよ。
そんな人のこと……好きなわけ、ないもん。
「……たまたま！　変えるの忘れてただけ」
ふいっと麻美から顔をそらすと、またため息つかれちゃった。
返されたスマホをギュッと握りしめる。
「私いつでも相談に乗るからね？　なんならパンケーキのやけ食いに付き合ってあげてもいいよ」
「……それは、麻美がいっぱいパンケーキ食べたいだけでしょ」
思わず笑うと、笑い返してくれる。
本当にいい親友を持ったなぁ、私は。

お弁当箱をしまいながらそんなことを思っていると、トントンと肩を叩かれた。

誰だろう？　なんて、振りむくと。

――ぷにっ。

「あっ、引っかかったー」

やつの人さし指が、ほっぺたをつついてる。

……藤堂っ！

「おはよ、ちーさ」

「おはよ、じゃない！　気安く触るなっ」

ガタッと音を立てながら立ちあがると、おかしそうに笑う藤堂を思いっきりにらんだ。

「千紗のほっぺ、フニフニだね」

「っだから！　触らないでって」

そんな私にはおかまいなしに触ってくるから、麻美のほうに逃げる。

ていうかもうお昼だし！　おはよう、じゃないしっ。

「あんたたち、いつの間にそんな仲よくなったの？」

なっ、なな、なにを言ってるの！　麻美！

私と藤堂が、そんなふうに見える？

「実は俺ら……」

「ちょっとね！　いろいろあってね！」

「え？　なんか言いかけて……」

「ううん、なにもないよ！　そうだよね、藤堂!?」

私があわてて言っても、ヘラヘラと笑っている藤堂。

わざと麻実に誤解させようとしてるんじゃないか、って疑っちゃうよ。

ほんっとに……バカじゃないの？

なんとかその場を収めていると、５限目の授業開始を知らせるチャイムが鳴った。

教室に入ってきた先生にバレないように、スマホでやつにメッセージを送る。

前にもらっていた連絡先、捨てないでおいてよかった。

ハグ友っていう変な関係だけど、仕方なく一応登録してたんだよね。

《私たちのこと、誰にも言っちゃダメだからね!?》

こう言っておかないと、誰にでも言いふらしそうだし。

そうなったら、私の立場なくなっちゃうんだって！

藤堂はモテるから、もしバレたら、絶対！ほかの女の子からいろいろ言われるに決まってる。

藤堂のまわりにいる子はみんな派手な子ばかりだし。

チラリととなりを見ると、私と目が合った藤堂はクスッと笑って、指でオッケーマークを作った。

「じゃあ、この元素記号ちゃんと覚えておくよーに！　横向いてる早乙女さん、わかったー？」

「っえ！　あ、は、はい！」

ビ、ビックリした……。まさかこのタイミングで注意されるなんて。

名前を呼ばれた拍子《ひょうし》に落としてしまったスマホを拾おうと、床《ゆか》に手を伸ばす。

落としちゃったの、先生にバレなくてよかった……。

……はぁ。

ロック画面を見て、ため息をひとつ。

陸と顔を寄せあって、ちょっとはにかんでる私。陸はというと、笑いすぎて少し変顔。

もう１回撮《と》ろって言ったら、陸が『ちーがかわいく写ってるからいいじゃん』って言ったんだ。

あのときのことを思い出しちゃって、胸がキュッと苦しくなった。

もう前みたいに戻ることはできないんだって考えただけで、涙がたまる。

フォルダには、ほかにもツーショットがたくさん残ったまま。

写真以外にも、陸からもらったもの、一緒に行った映画のチケット、遊園地の半券。まだどれも捨てられない。

自分から“もう終わりにしよ”って言いだしたくせに。

……私の意気地なし。

「じゃねっ、バイトがんばってね」

「うん、バイバイ！」

放課後。

麻美と校門で別れてから、駅へと向かう途中《とちゅう》。

「千紗」

なぜか藤堂に呼びとめられた。

どうしてこんなところに？

また女の子と待ち合わせしてるとか？

「なに？」
「はい、笑って笑って」
「は？　えっ、ちょっ！」
　――カシャッ！
　突然のシャッター音とともに、いきなりのツーショット撮影《さつえい》。
　わけがわからずに、目をパチクリとさせる。
「ふ、変な顔。見る？」
　藤堂がスマホ画面をこちらに向けるので、のぞいてみる。
　たしかに私ビックリしてるし変な顔だし。
　ていうか、藤堂私より写りよくない？
　って、そうじゃなくて！
「なにっ、急に！」
　駅へと向かう道のど真ん中で楽しそうに笑う藤堂がスマホを操作すると、私のスマホからメッセージの着信音が鳴った。
「いま送った写真、届いた？」
「え？　どれどれ」
　私は言われるがままにスマホのロックを外して、メッセージを確認する。
　すると彼は、右の手のひらを私に差し出した。
「千紗のスマホ、ちょっと貸して」
「えぇ？　なんで……」
「いーからいーから」
　仕方なく渡すと、慣れた感じで指を動かす。

しかし藤堂のスマホの中には、いったい何人の女の子の連絡先が入ってるんだろ。

こんなにモテるのに、どうして彼女作らないのかな？

なんて、私には関係ないことを考えていると。

「はい、どーぞ」

スマホを返された。

ハッ……ま、まさか、なにかいじったりしてないでしょうね？

……って。

「いーでしょ。今度は俺とのツーショット」

ロック画面が、変わっていた。

ど、どうして……。

「千紗がさぁ、俺じゃないほかのやつのことで悩《なや》んでるところ見るの、あんまり好きじゃないんだよね」

「なっ、なにその理由」

バッと藤堂を見ると、いつかのときと同じ、意地悪い顔をして笑っている。

「別れたのに、どうして陸くんとのツーショット、変えられなかったの」

「……っべつに、たまたま……」

きっと、授業中落としたときに見られたんだ。

ギュッと手のひらを握る。

「嘘《うそ》つくのヘタくそすぎ」

……藤堂は、いったいなにを考えてるの？

私のことなんて、放っておけばいいのに。

「……そうだよっ！　どうせまだ陸のこと想ってる、未練タラタラ女よ!!」

　腹が立って、つい大きな声でそう言ってしまった……。

　ハッとして藤堂を見ると、なぜか満足げな顔。

「うん、よく言えました」

「な……」

「やっぱ女の子は、素直なのが１番だよねー」

　くしゃっと頭をなでられ、腕を引っぱられる。

「じゃ、行こっか」

「私、これからバイトなんだけど？」

「大丈夫、すぐ終わるから」

　そういう問題じゃないっての！　ていうか腕離してっ！

　ハグ友になろうとか言ったり、陸のことで意地悪言ったり、こうやってかまってきたり。

　藤堂は、本当に意味がわからない。

「ほら、入って」

　着いた先は、カジュアルなカフェ。

　言われるがままに中に入って、案内された席に座る。

「なに飲む？」

「あんたねぇ……」

　こんなことしてる場合じゃないのに。

　私これからバイトなんだよ？

　そんなことを思いながら、メニューを見ている藤堂をにらむ。

「……ちょっと、さっきからなんなの？」
　振りまわされっぱなしで、もうくたくただ。
「んー」
　なんて言ったらいいのかなぁ、なんてつぶやく。
　それから私に視線を移して、ニッコリと笑った。
「どうしてかわからないんだけど」
「うん」
「千紗がほかの男のために泣いたり、悩んだりしてるの見るとムカつく」
「はぁ？」
　それ、さっきも言ってたけど。
　ダメだ、やっぱり意味がわからない。
「俺のほうが近くにいるのに、どーして俺のことは見てくんないの？」
「どーしてって……」
　そりゃあ、私は藤堂よりも陸のことが好きだし、むしろ藤堂は苦手なタイプだし。
　ていうか、もしかして……。
「強気な性格の私にあんたのこと好きになってもらいたいのに、陸ばっかり気にしてるから腹が立ってる、ってこと？」
　私がそう言うと、驚《おどろ》いたような顔をする。
「すごい、なんでわかったの？」
「……あんたってほんと、最低っ」
　私で遊ぶな！

「強気な子ほど、俺のこと好きになるとおもしろい反応するからさ。つい」
「信じらんないっ」
　藤堂はこういうやつだってわかってたけど、それにしても最低すぎる！
「あんたって本気で人を好きになったこと、ないでしょ」
　だからそんなふうに、人の気持ちも考えないでもてあそぶようなことができるんだ。
「……へぇ、千紗はなんでもわかるんだ。すごいね」
　一瞬目を丸くして、クスッと笑みをこぼす。
　そんな藤堂を、私はにらみつける。
「でも、千紗には迷惑《めいわく》かけてないよ」
「は？」
「だって、今日からやっと前向くことができるかもしんないし」
「なに言って……」
　言いながら、やつが指さすほうを見て、ハッとする。
「仕返ししてやろーよ」
　なんで、陸がいるの……。
「どうして、ここに陸がいるって知ってたの？」
「女の子連れて入ってくの見えたから」
　だからって！
　そんなところに普通、私のこと連れてくる？
「元カノが自分よりいい男と一緒にいるの見たら、陸くんどう思うんだろーね」

「べつに、なにも思わないよ」
　だって、私たちがいることに、まだ気づいてないもん。
　まわりを見ることもなく、例の女の子と楽しくおしゃべりしてる。
　……悔しい。
　ギュッと手のひらを握りしめると、じわっと涙がたまるのを感じた。でも、ここで泣いたら、なんだか私のプライドが許さない。
「……ムカつく？」
　私のことに気づかない陸が……私のことを見てくれない陸が……。
「ムカつくっ……」
　いまでも想ってるのは、私だけ。
　勢いで“終わりにしよ”って、言ったけど。
　本当は止めてほしかった。
　話しあって仲直りして、それで、まだ陸のとなりにいたかった。
「そんなに好きだった？」
「……ん」
「泣くほど？」
　まだ、泣いてないし。
「なにそれやけるねー」
　……って、あんたに言われてもうれしくない。
「ひとりの女泣かせて、ほかの子のところいっちゃうような男、まだ好きだーって思うほどの価値、俺はないと思うけど」

……え？

ガタッと立ちあがった藤堂は、まっすぐ陸たちのところに歩いていくから、あわてて追いかける。

あいつっ、いったいなにするつもり……？

「……ちー？」

急に現れた藤堂と、その後ろにいる私を見て、ビックリしたように私の名前を呼ぶ陸。

そういうふうに呼ばれるの、恥ずかしかったけど、でもやっぱり好きだったな。

……涙腺《るいせん》がゆるむ。

「千紗、まだ君のこと好きなんだって」

「……っな」

いきなりそんなことを言う藤堂を、バッと見た。

な、なにを…！

陸の前でっ、しかも例の子の前でっ！

「ちょっと、あんたなに言って……」

「でも今日から」

グイッと腕を引っぱられて、藤堂の横に並んだ。

もうわけがわからない……。

やつは、私を見て笑った。

「今日から前に進むって言ってるから」

「な、に言って」

「陸くんよりいい男見つけて幸せになるって」

そんなこと言ってないけど!?

そろそろ文句を言おうと口を開いた瞬間、
「こんないい女捨てるなんてもったいねーよ」
腰《こし》を引きよせて顔を近づけた藤堂は、そのまま私にキスをした。
「……ま、もう遅いけど」
そう言って、ぺろっと自分の唇をなめる藤堂。
私は口をパクパクさせることしかできず、言葉も出てこない。
「じゃあ、そーいうことだから。邪魔してごめんね？　ごゆっくりー」
「あっ、ちょっと！」
私の腕を引いたまま、藤堂は席に寄ってふたりぶんのカバンを持ち、カフェから出た。
口もとを手で隠して、鼻歌なんか歌っちゃってる藤堂をキッとにらむ。
「あんた本当、なに考えてんのよっ」
「えぇ、怒ってんの？　キスしたぐらいで？」
唇のギリギリのところだったしノーカンでしょ、なんて言ってる。
そういう問題じゃないっつーの！
「でも、仕返しにはちょーどよくない？」
パッと腕を離した藤堂は、いたずらっぽく笑う。
「ちゃんと見た？　陸くんの顔」
すれちがいざまに目が合った陸の顔。
眉《まゆ》を寄せて、どこか悔しそうで。

「これで少しは千紗のこと気にかけるかもしんないね」

「…………」

「でも千紗は、もう陸くんのことなんか忘れてちがう男見つけて、楽しく過ごさなきゃ」

藤堂……。

「これから生きてく中でいろんなやつと出会って恋《こい》して、失恋《しつれん》して、たくさんいまみたいな気持ちになるかもしれないんだし」

ちゃんと立ち直り方知っておきなよー、だって。

……ロック画面を変えたのも、あえて陸たちがいるカフェに連れてきたのも。

「……私のため？」

駅前の広場で私を振り返った藤堂は、クスッと笑って「さぁね」なんて首をかしげる。

「ちょっと強引だったけど､陸くん忘れるきっかけにはなったんじゃない？」

「……強引すぎる」

このマイペース野郎め。

「あ、バイトだったのにごめんね」

「いいよ……べつに」

「……ハグしとく？」

ヘラヘラしてる藤堂をジトッとにらむ。

「なんてね、冗談。今日はいっかなー」

「する」

藤堂は口を開けたまま、ビックリしたような顔。

なによ、『する』って言ったの！

「……ギュッてして」

「えーなにそれ」

「もう、なにっ？」

「……ビックリするほどかわいい」

そう言って、私を抱きしめる。

さっきの陸の顔を思い出した。

告白されたときのうれしいって気持ちも、初めて手をつないだときのドキドキも。

キスしたときの照れくささも。

ケンカしたあとは必ず電話をくれて、『ごめんね』って言ってくれたことも、そういうの全部。

「あーもしかして、泣いてる？」

「……泣いてないし！」

「ほんっとに素直じゃないね」

……全部。思い出にして、もう陸から離れよう。

「ていうかさー、気づいてる？」

「ひっく……っなにが？」

好きになってくれてありがとう。

いろんなところに連れていってくれてありがとう。

おいしいもの、一緒に食べられてうれしかった。

好きだ、って言ってくれて、心の底から幸せだった。

「俺たちいま、すげー注目されてんの」

「……なっ!!」

気がつくと行きかう人がみんなこっちを見ているけど、

いまはそれさえどうでもよかった。

私は藤堂と10分ハグしながら、陸と決別した。

じゃあね、陸。

いつまでも引きずるの、もうやめる。

「お、早乙女ちゃん、間にあったね」

「よ、よかった……」

カウンター席のテーブルを拭《ふ》きながら、ニコッと笑いかけてくる店長に苦笑いを浮かべる。

藤堂と駅で別れてから、バイト先のこのカフェまで猛《もう》ダッシュした。間にあうかギリギリのところだったし、店長は怒ると怖《こわ》いから……。

急いで着替《きが》えて髪も結んだ。よく間にあったよね……誰か褒めてほしいよ。

「あれ、今日はなんだかスッキリした顔してるね。なんかあった？」

「うわっ」

顔をのぞきこんでくる店長からあわてて距離を置く。店長には、自分の顔面偏差値《へんさち》が高いことをもっと自覚してほしいな。

その顔と抜群《ばつぐん》のトーク力で、とくに女の人のリピーターさんは絶えないし。

「なんにもないです！」

「隠したって無駄だよ。顔に出てるもん」

「え！」

私の反応に、店長はクスクスと笑う。

はぁ、店長はなんでもお見通しなのかな。

「ちょっと、いろいろあったんですけど」

さっきあったことを思い出した。

藤堂にスマホのロック画面を変えられたこと、陸のいるカフェに連れていかれたこと。

強引だったけど、前を向くきっかけをくれた。

「……でも、もう吹《ふ》っきれました」

キョトンとしている店長にニコッと笑う。

――カランコロン。

ドアのベルの音は、お客さんが来た証拠《しょうこ》。

「いらっしゃいませ！」

藤堂は来るもの拒まずのチャラ男だけど、意外と優しい人なのかもしれない。

Chapter. II

△体育祭のハプニング

ホイッスルの音、みんなの応援《おうえん》の声、騒がしい校庭……とは離れた校舎の中、教室にて。
「この前、千紗とハグしてたとこほかの子に見られちゃってさー」
「この前？」
「ほら、駅んとこで」
あぁ、あのときのか……。
藤堂に振りまわされて大変だったなぁ。
「あの子誰？って。めっちゃ聞かれんの」
「そりゃ、あんたのこと好きだったら気になるに決まってるじゃん」
「でもさぁ、彼女でもなんでもないんだよ？　ほっとけよーって、思う」
そう言いながら、私の髪の毛をくるくる指に絡《から》ませて遊ぶ藤堂。
「んっとに……疲れるー……」
ギューッと抱きしめる力を強くするから、少し苦しいわけで。
陸のことを思い出にしよう、って決めてから数週間。
今日は盛りあがる行事のひとつの体育祭だっていうのに、やつは私をこんなところに呼び出して、おきまりのハグをしている。

「ちょっと、苦しいんだけどっ」

「いーじゃん。千紗いいにおいすんだもん」

来るもの拒まずの藤堂は、彼女を作らない。

それじゃあ藤堂を本気で好きな子がかわいそう。

まぁ、ハグ友なんかの私が言えることじゃないんだけどね……。

「……ねぇ、どうしてこんなことするの？」

窓に背中を預けている藤堂の顔を見てそう聞くと、めんどくさそうにため息つくし。

その態度がすっごくムカつくのはなんでだろう？

「面倒《めんどう》くさいからいまは答えませーん」

「あんたねぇ……」

藤堂とハグ友になってからもうだいぶ経って、私もこういうことするのに慣れてきたけど……。

「千紗」

今日は、いつもの制服とはちがう体操着。

そんなのも着こなしてしまうこの人は、やっぱりある意味すごい。

「なに？」

コツン、と私の頭の上に顔をのせて口を開いた。

「俺のこと好きになるのだけはやめてね」

「はぁ？」

ほんとに……バカじゃないの？

自分からそんなこと言う？

私に好かれるっていう自信はどこからくるのよ。

「言っとくけどね、あんたはむしろ苦手なタイプなの！　好きになるわけないでしょっ、バカ！」

　私がまくしたてても、「えー」なんてクスクス笑う藤堂。

　私の顔をのぞきこんで「冷たくない？」だって。

　藤堂がろくでもないやつだってこと、私が１番知ってるもの。

　知ってて好きになるなんて、ありえないでしょ。

「しつこくまとわりつかれるのも嫌だけど、冷たくされんのも嫌だなー」

「ちょっ、耳！　やめてって……」

　ふっ、と息を吹きかけられる。

　ハグだけって約束なのになにしてるの、藤堂！

「へーぇ……耳ダメ？」

　チュッと、耳にキスをする。

「ひゃっ」

　自分の変な声に顔が熱くなった。

　この人、本当に嫌い……！

「っもう、離れて！」

「なんで？　まだ２分残ってるのに」

　楽しそうな声……。ムカつくっ。

　手で押して離れようとしても、ぐっと腰を引きよせられるし。

　ゆっくりと耳の端《はし》を下から上になめられるとゾクゾクして、思わずくしゃっとやつの体操着を握る。

「あは、ちょっと気持ちよかったでしょ？」

……っこの、変態野郎！

「う、うるさい！　最っ低！」

２分が経って、私から離れる藤堂を思いっきりにらみつける。

「顔赤くしてにらんでもかわいいだけだよ、ちーさ」

よしよし、なんて頭をなでてくる。

子ども扱《あつか》いやめてってば！

本当にムカつくっ……この性格、どうにかなんないの？

そんなことを思いながらスマホを見る。

《おなか痛いの大丈夫？　いま、部対抗《たいこう》リレー終わったところだよ！》

そうだった、おなか痛いから教室で休んでるって言って抜《ぬ》け出したんだっけ……。

麻美からのメッセージに《すぐ行く！》って返信して、やつを振り返る。

「部対抗リレー終わったって。私そろそろ行かなきゃ」

「あー、次の次だっけ？　女子の騎馬戦《きばせん》」

「うん」

たくさん敵チームのハチマキとってやるんだから！

私たちの組が優勝したら、先生ジュースおごってくれるって言ってたし。がんばらないとねっ。

「女の子ってさぁ、ほんとメールとか好きだよね」

藤堂と並びながら静かな廊下を歩く。

やつはスマホを見てしかめっ面。きっと、女の子からのメールがたくさん来てて面倒だと思ってるんだろうけど。
　そんなこと言うんだったら、いろんな子と連絡先交換《こうかん》するのやめればいいのに。
　藤堂ってやっぱりバカだ。
「あ、部対抗リレー、バスケ部が１位だったって」
「へー」
　バスケやってる人って足速そうだもんね。
　でも陸上部もいるのに意外だなぁ。
　……って、どうして藤堂はそんな『やっちまった』って顔してるの？
「いまの……ごめん」
「え？　どうして？」
「だって陸くんバスケ部……」
　思い出させちゃった？なんて、ちょっと心配そうに聞くもんだから思わずふき出してしまった。
「ふふっ、藤堂ってそんな気使う人だったっけ？　似合わないっつーの！」
　おかしくて笑い続けてると、当の本人はムスッと不機嫌《ふきげん》な顔。
「はぁ？　心配ぐらいするよ、俺だって。ていうか人の優しさ笑うなんてひどくない？」
「だーって、いつもワガママでマイペースなのに！」
「それ関係ないじゃん。怒るよ？」
　女の子タラシで面倒くさがり屋の藤堂でも、心配ぐらいするらしい。

「はぁ、変なのー」
　笑いすぎて涙出てきた。
　藤堂を見ると、まだムスッとしてる。
　ちょっとかわいい……なーんて。
「陸のことは大丈夫だよ。もう友達だって思ってるし」
「そ、よかったね」
　小さく笑う藤堂に、「うん」ってうなずく。
「……ありがとね」
　彼がいなかったら、たぶん私まだ陸のこと引きずってたし、前に進もうとか思いもしなかった。
　変なやつだけど、すごく感謝はしてるんだよ。
「千紗ってさぁ、たまに素直だよねー」
「なによ、たまにって……」
　私だって人にお礼ぐらい言えるもん。
「……どーしよう」
「なにが？」
「なんか千紗がかわいいんだけどー。なんで？」
　くしゃくしゃっと頭をなでてから、前を向いて「困ったなぁ」ってつぶやく。意味がわからない……。
「俺のこと誘惑《ゆうわく》すんのやめてー？　もう女の子は間にあってるから」
「……バッカじゃないの？」
　ダメだ、藤堂なんかに付き合ってられない。
　プイッとそっぽを向くと、楽しそうにやつは笑った。

「あっ、千紗ー！　こっちこっち！」
「ごめん麻美っ、お待たせ！」
ギラッギラの太陽の日差しがとってもまぶしくて、ついさっき外に出てきたのに、もう汗《あせ》かき始めてる。
「時間ギリギリだよっ、おなか大丈夫？」
「ごめんごめん……うん、大丈夫」
入場門は、騎馬戦に出る女の子たちでいっぱい。
たしかにちょっと遅かったら私、出られてなかったな。
それにしても、私と同じ赤のハチマキをした麻美、今日は一段とかわいい！
「ポニーテールからお団子にしたんだね？　かわいいっ」
朝はポニーテールにまとめてたのに、さっき見てビックリしちゃった。
私がそう言うと、麻美は照れくさそうに笑って「ありがと」だって。
「騎馬戦に出場する人は準備を始めてくださーい」
体育委員の人の声が聞こえて、麻美と顔を見合わせてニッと笑った。
「ちゃんとがんばってよ？　一本でも多くハチマキ取ってね、千紗！」
「まかせて！」
せーの、のかけ声でみんなの上に上る。
入場音と一緒に指定の位置へついた。
こう見えて運動神経はいいほうなんだ、私！
でもやっぱり緊張《きんちょう》するよ……。

「そういえば、さっき藤堂とすれちがったんだけど」
「え？　なに？」
「“がんばってね”って、千紗に言っといてって」
　あいつ……いつもはヘラヘラしてすごい身勝手だけど、やっぱり優しいのかな。でも。
「麻美にはひと言もなし？　信じらんないっ！」
「あは、本当に失礼なやつだよねー」
　私を支えてくれてる麻美のためにも、絶対誰よりも多くハチマキ取ってやる！
　ピーッというホイッスルの音。
　女子の騎馬戦って怖いよなーって、男子たちが言ってるの聞いたことある。
　たしかに女の子だけだし、みんな本気になりやすいよね。
　敵チームの子たちの顔、怖いもん！
「ちょっと千紗！　まじめにやって!!」
「わかってるよっ」
　迫力《はくりょく》に負けて逃げてばかりの私に、下から麻美の叱《しか》り声が飛んでくる。
　よ、よし……私だって！
　背が低い女の子、ちがう子のハチマキを取ろうとしている子、私のに手を伸ばす子をかわして、一気に取る。
　気づけば騎馬は、私たちともう１組しか残ってなくて、ゴクリとツバを飲みこんだ。
　……敵チームの上の子、知ってる。
　よく藤堂に絡んでる、となりのクラスの佐藤《さとう》さん。

　どうしてだかわからないけど、さっきからすごくにらんでくるし……！　こ、怖いっ。
「あのハチマキ取ればうちらの組の勝ちだよ！　がんばれっ」
「う、うん」
　ジリジリと近づいてガシッと両手を組み合うと、押しあいになった。
　なんとかスキをついて取りたいけど、なかなか手強いっ。
「……この前」
「え」
　ボソッと小さくつぶやいた佐藤さんは、私をにらみつけている。
「この前、泉と抱きあってたの、あなたでしょう？」
「なっ……」
　ど、どうして知って……。
　そういえばさっき、藤堂が言ってた。
　駅前でのことほかの子に見られたって！
　ま、まさか、佐藤さんにも見られてた……とか？
「言っとくけど、泉は女子には誰にでも特別扱いするから。ハグされたからって調子にのんないほうがいいわよ？」
「い、いや……調子にのるとか……」
　むしろ私があいつに付き合ってあげてるっていうか。
　いろいろ助けてもらったし？
　もういまさら断れないなって……。
「どうして私じゃなくて、地味なあなたが泉とハグなんかしてるわけ!?」
「なっ、地味って！　悪口だよっ」
「うるさいっ、とにかく！　これ以上泉に近づかないでっ」
「っわ、ちょ……！」
　とんでもなく強い力で押された私は、ハチマキは取られるわ、バランスを崩すわで最悪の状態。
「千紗っ、危ない……！」
　麻美の声とともに、視界いっぱいに青い空が広がる。
　お、落ちる！
　ギュッと目をつむると、体に強い衝撃《しょうげき》が走った。
　いろんなところを強く打って、もう、とりあえず最悪。
　頭痛い……。
「千紗っ、大丈夫!?　ごめん、ちゃんと支えられなかった」
　心配そうな麻美に、「大丈夫」って手を振る。
　それからなんとか起きあがって、佐藤さんを見た。
　勝ちほこったような顔に、なんだか腹が立ってきた。
「……私も言っておくけど、私から藤堂に近づいたことなんて一回もないからっ。連絡来るのも、かまってくるのも、いつもあいつからだし！」
　突然の大きな声に、麻美も佐藤さんもまわりの人たちも、ビックリして固まってる。
「藤堂は！　私を必要としてんのっ」
　佐藤さんみたいに自ら絡みにいかなくても、私には藤堂とのつながりがある。
「あいつに好かれてるのは、私のほうだから!!」

しんと静まる会場。

……しまった。ついカッとなって止まらなくなっちゃってたよ……どうしよう。

おなかを抱えて笑ってる藤堂の顔が、簡単に想像できた。

「ちーさ」

保健室で、足首に包帯を巻こうとしていた手をピタッと止めて、おそるおそる声のしたほうを見る。

保健室の先生は、校庭でケガをした人がいるからとそっちに呼ばれていまはいない。だからここには私ひとりだったんだけど……。

「と、藤堂……」

「はい、藤堂でーす」

扉に寄りかかってクスクス笑ってる。

……いまは会いたくなかったのに！

どうして私がここにいるってわかったんだろう。

「なんで……」

「歩き方変だったから。ほら、貸して」

私の手から包帯を取って、目の前にしゃがむ。

麻美でさえ気づかなかったのに……。

騎馬戦でバランスを崩して落ちてしまった私は、いろんなところを強く打って、しかも足首もひねったようだった。

これ以上麻美に心配かけたくなかったから、こっそりこうやって保健室に来たっていうのに。

藤堂にはバレバレだったらしい……。

「千紗はバカだねー」
「う、うるさいっ。元はと言えばあんたが原因なんだから！」
「ん、ごめんね」
いきなり、それもかなり真剣《しんけん》に謝られるもんだから、ビックリしてしまうわけで……調子狂《くる》う。
「痛かったでしょ」
「えっ、と……」
「佐藤ちゃん、根は優しい子だから許してあげてよ」
「それは、べつに……」
いつの間にか包帯は巻き終わってて、そのことにありがとう、ってつぶやく。
佐藤さんのフォローしてるし、私のことも気にかけてくれるし、やっぱり藤堂は……優しい。
「でもビックリした」
「え？」
「『あいつに好かれてるのは、私のほうだから』だっけ？」
や、やっぱり聞こえてた!? は、恥ずかしい……。
でで、でもあれは！ 佐藤さんに腹が立って見返したくて言ってしまっただけであって！ それ以上の意味はなにもないしっ。
「か、勘《かん》ちがいしないで！ あれはただ……」
「ただ？」
「意地を張っただけっていうか……」
「ふーん？」
て、いうか！ どうしていま近づいてくるの！

「俺にはなつかないなー、とか思ってたんだけど」
「ちょ、ちょっと……」
「千紗は、ツンデレってやつ？」
　座っていたソファの背もたれに手をついて、やつはグイッと顔を近づけた。
　藤堂のにおいがふわりと香《かお》って、なぜかドキドキしてしまう。
「と、藤堂……近いっ」
　思わず顔をそらすと、やつの手によって強引に正面を向けられた。
「……なーんで、こんなにかわいく見えるんだろう」
　ボソッとつぶやいた声が小さすぎるから、うまく聞きとれない。
「え？」って聞き返すと、ニッコリ笑って「なんでもない」って。
「ねぇ、ちーさ」
　私の名前を呼ぶ藤堂を見る。
　どうして私、こんなにドキドキしてるんだろう……。
　いままでとなにかがちがうって思うのは、気のせい？
「……ギュッてしていい？」
　耳もとでささやかれる。
　だ、ダメだ……頭がクラクラする。
　こいつのとんでもない色気にやられてしまったのかな。
「い、1日10分て……」
「さっきの言葉がうれしくて」

「で、でもっ」

「……ダメじゃないでしょ？」

私のほっぺたに手を添える。

私に拒否権なんてないみたいに聞くから、もうい一やって、どうにでもなれって。

ギュッと目をつむってうなずくと、うれしそうな笑い声がする。

「じゃあ、はい」

「……え」

両手を広げて、こてんと首を傾ける。

こんな藤堂を不覚にもかわいい、って思ってしまった私はきっと……。

「おいで、千紗」

「っ、この、性悪……！」

相当《そうとう》やられてる。

▽学校一のプレイボーイ

「へぇ、それで藤堂とハグ友ってやつになったのね」
「う、うん。黙《だま》っててごめん……」
　体育祭が終わって数日。ひねった足首も治って、まぁ、それはよかったんだけど……。
『で？　千紗と藤堂はどーいう関係なの？』
　こんなことを麻美に聞かれてしまったわけで、もう隠し通せないから……全部話した。
　どうして黙ってたのっ、って怒られちゃったよ……反省。
「まぁ、そんなこと自分から言えるようなものじゃないけどさ」
「は、反省してます……」
「私よりも藤堂に頼っちゃったんだね？　なんか悔しい！」
　た、頼っちゃったっていうか！
　成り行きでそうなっちゃったっていうか!!
「でもそのおかげで、千紗が陸くんのこと吹っきれてるなら、……許さないこともない」
「あ、麻美！」
　好きだなぁ……私、麻美のこと好きだな！
　教室移動途中の廊下で、ジーンと感動して麻美を見る。
「これからは私に隠しごとなしだよ？　わかった？」
　足ケガしてたことも知らなかったんだからね、っていう言葉にコクリとうなずいた。

　約束する！　だって麻美は私の親友だもん！
「よしっ。……っていけない、私提出するプリント、教室に忘れた！」
「えっ、取りに行かなきゃ」
　次の授業の物理の先生は、かなり厳しい人。成績に響《ひび》いちゃうよっ。
「私取りに行ってくるね！　千紗は先、物理室行ってていいよ」
「大丈夫？」
「うん！」
　パタパタと教室に戻っていく麻美。
　私も急がなきゃ、もう少しでチャイム鳴るし。
「あっ、泉一？　今日学校来る？」
　電話しながらすれちがった女の子。
　泉って……藤堂、だよね？
　たしかに今日はまだ来てなかったな、学校。
　あのリボンの色……てことは３年の先輩《せんぱい》だ。
　本当にいろんな子に手出してるんだな。
　こういうのなんて言うんだっけ？
　女たらし？　プレイボーイ？
　うーん、と考えながら廊下を歩いていく。
　……ていうか、なんで私はモヤモヤしてるんだろう？
　あいつがほかの女の子と連絡取ってたって、私には関係ないことじゃん！
「きゃっ」

ほら、藤堂のこと考えるとろくでもないことばっかり起きる！

よそ見してたせいでぶつかってしまった人に謝ろうと顔を上げて、ハッとした。

「……ちー」

「っご、ごめん、よそ見してて」

あのとき以来だ、陸と話すの。

もういまは友達だって思ってるけど、実際話してみるとやっぱり……緊張する。

「……あ、じゃあ、私行くね」

足早に陸の横を通り過ぎようとすると、パシッと腕をつかまれた。

「え？」

「ごめん、待って」

陸の顔、なにか言いたそう。

「……藤堂ってやつと、付き合ってんの？」

パチパチ、とまばたきをする。

私が？　藤堂と？

「なっ、付き合ってないよ！」

「本当？」

「本当だって！」

そんな……そんな冗談っ。

どうして急にそんなこと聞くのよ！

それに私！　どうして顔が熱くなるの！

「なーんだ、よかったー」

なぜか安心したようにはぁと息を吐《は》いた陸は、そのまましゃがみこんでしまう。
「俺、てっきり付き合ってんのかと思ってたわ」
「そ、そんなわけ……」
「……ちょっと、安心」
ボソッと、そうつぶやく陸。
意外な言葉に動揺《どうよう》して、思わず両手の手のひらで鼻と口もとを隠す。
そんな私を下から見上げた陸は、小さく笑った。
「……藤堂て、女遊び激しいやつだろ？　ちーも遊ばれてんのかと思ったら、すげー心配で」
でも付き合ってないんならとりあえず安心、なんてつけたす。
陸は、１年のときからスポーツ万能で、クラスのムードメーカーで、ちょっとやんちゃすぎるときもあるけど、実はすごく心配性。
そんなところも好き、なんて思ってた私は、もういないんだけどね
「あー、ごめん。なんか急に」
「ううん、心配してくれてありがと」
ニッと笑ってみせると、なぜか少し悲しそうな顔をした。
「……ちーが、俺の誕生日のためにバイトがんばってたこと、最近知った」
「え……」
「俺、全然知らなくて、嫌な想像ばっかしちゃって……」

「最低だよな、本当」って言うもんだから、不覚にもグッてきてしまった。

「あのとき一緒にいたの、バスケ部のマネなんだ。１年の」

「……うん」

「ちーと一緒にいる時間が減ってたとき、その子が言ったんだ。……俺のこと好きって」

　うん、わかる。

　陸のことを見るときの顔が言ってた、“陸のことが好き”って。

「……俺、ちーと話もしないで、バイト先に男ができたんじゃないかって勝手に決めつけてた。店長イケメンだって言ってたし」

「陸」

「たくさん泣かせて、本当にごめんな」

　１年のとき、初めての席替えで陸のとなりになった。

　話すようになって仲よくなって、好きだなって密かに思ってた。

　でも友達関係が終わるのは怖くて、自分から告白もできないまま冬になって、……２月。

『ちーのこと好き、なんだけど』

　陸から告白してくれたこと、いまでは大切な思い出だ。

「……マネージャー、星川《ほしかわ》っていうんだけど、昨日話した。お前の気持ちには、やっぱり応えられないって」

　陸のその言葉に、目を丸くする。

　そ、それってどういう……？

だってあれだけ楽しそうに話してたり、手だってつないでたのに。

「お前が俺に“もう終わりにしよ”ってメールした日、手をつないだのは向こうからだし」

「……えっ」

「もうムリかもしれないけど、俺はまた、やり直したいって思ってるよ」

そして「勝手かもしれないけど、友達からでもいいから、考えてみて」と言われて頭に思いうかんだのは、なぜか藤堂の顔だった。

あの日、たまたま星川さんと会って、駅まで一緒に行くことになって……そのときに言われた、らしい。

『陸先輩のこと好きなんです』って。

私といる時間が減って不安になってたことを、その子は気づいてたのかな。

「いま説明したとこもテスト範囲《はんい》だからなー」

“もう終わりにしよ”っていうメールが来て、陸はそのとき、私に新しい好きな人ができたって思ったみたい。

「ちなみに赤点取ったやつは補習あるから。わかったか、藤堂」

「えー、なんで俺限定？」

『星川のこと好きになれたら俺も楽になんのかなって、思った。……だから』

だから、ふたりで帰ったりもしたけど。

『ちーが、藤堂にその……キスされたの見て、すごい嫉妬《しっと》した』

「ねー、なんか先生俺にだけ厳しいんだけど。千紗もそう思わない？」

陸と廊下で話してから、もう数時間。

話しかけられてハッとして、あわててとなりを見る。

いまさっきやっと学校に来た藤堂は、不思議そうに首をかしげた。

「考えごと？」

「え？　あ、べ、べつに……」

うー……やばい。

さっきの授業もまったく集中できなかったし……動揺しすぎだ、私！

「ふーん？」

陸との時間は、もう思い出にした。

……はず、なんだけど。

もう、どうしてこんなにソワソワするの？

私、もしかしてまだ陸のこと、好きなのかな……。

いやいや！　藤堂も言ってたじゃん。

陸は私のことを気にしだすと思うけど、私は前に進んだほうがいいって。

「じゃあ今日はここまで。号令頼む」

「きりーつ、……れいっ」

次の授業で、今日はもう終わり。

陸のことでいちいち振りまわされていられない。

試験も近いし、集中しなくちゃっ。
「千紗、なんか上の空だけど……陸くんに言われたこと気にしてるの？」
麻美には、ちゃんと話した。
だって隠しごとなしって言われたからね！
「うん……でももう考えないようにする」
「そう？　私は、千紗にその気があるんなら復縁《ふくえん》もアリだと思うけどな」
お互《たが》い誤解してたみたいだし、なんてつけたした麻美に、苦笑いするしかない。
なんか……自分でもどうしていいのかわからないや。
「いーずーみっ、また今日も寝坊《ねぼう》したの？」
「あたしがモーニングコールしてあげよっか！」
いつものように藤堂のまわりに集まる女の子たち。
あたり前だけど、やっぱりやつはモテるんだなぁ。
「えー、いいよ、べつに。俺朝は機嫌悪いからやめといたほうがいいよ？」
「なにそれ！　泉冷たいっ」
藤堂、笑ってる。……なによ、ヘラヘラしちゃってさ。
「ねっ、チュってしてよ！　寝坊した罰《ばつ》！」
「罰って……チューされたいだけでしょ？」
「あたり前じゃん！」
「なにそれ、素直だね。……かわいい。いいよ、こっちおいで」
『おいで』って言った藤堂を思わず見る。

……その言葉、ほかの子にも言うんだ？

あいつが私に向かってそう言うの、結構好きだったんだけどな……。

って、私なに考えてっ！

「っあ、もう！　なんでほっぺ？」

「そりゃあ、教室の中で公開キスはダメでしょ」

うれしそうに近づいた子のほっぺに、触《ふ》れるだけのキスをした藤堂。

誰にでもあーいうことするの？

「うわぁ……大変だね、藤堂も。ね、千紗？」

「……うん」

いままでもずっとそういうこと、してたんだよね？

……なんでだろう。前までなんともなかったのに、胸が痛い……。

最近の私は、なんだか変。

だって藤堂に抱きしめられるとすっごいドキドキするし、こういうところを見ると胸がチクチク痛むし……病院行ったほうがいい？

「あ、じゃあ私戻るね！」

「え？　あ、うんっ」

ちょうどいいタイミングでチャイムが鳴る。

教科書を出して、ノートにシャーペンを走らせる。

試験前の大事な授業なのに、それでも私の頭の中はごちゃごちゃしてて。

藤堂のこととか、陸のこととか、ぐるぐる考えてたらいつの間にか授業は終わってた。
「はぁ……」
　最悪……。

　HRも終わって、クラスのみんなが教室から出ていく。
　試験前だからバイトはお休み。
　麻美は今日用事があるって言ってたし。
　帰ってゆっくりお風呂《ふろ》入って、すぐ寝よ……。
　よし、とうなずいてカバンを持って廊下を歩く。
　何時の電車に乗れるかな？　なるべく早く帰りたいしなって思っていると、
「ちょっ……お、重いっ」
「先に帰ろうとする千紗が悪いー」
　いきなり後ろから抱きついてきた藤堂に、私の心臓がドキッて大きく跳《は》ねた。
　……だからなんで！
「千紗は俺のハグ友でしょ。だから、ほら。こっち来て」
「えっ、わ、ちょっ……」
　私の腕を引っぱって、近くの空き教室に入る。
　後ろ手に扉を閉めた藤堂は、私に向かって綺麗に、ニッコリと微笑《ほほえ》んだ。
　この人のいいところなんて……顔！
　顔だけなんだから！
　っいや、でもたまに……ていうか普通に優しいし、女の子の扱いわかってるし。

って！　ちっがーう！　落ちつけ、私っ。

「おいで、千紗」

いつものようにそう呼んで、両手を広げる。

ダメだ……私、それに弱くなってしまった、らしい。

「……ん。あー……落ちつく」

吸いこまれるように抱きしめられて、私の心臓はどうなってるかって？

……ありえないくらいドキドキしてるよっ。

「なんか、今日の千紗は甘えん坊だね」

「えっ、なな、なんで……」

「だって自分からギュッて、しがみついてくるんだもん」

う、嘘でしょ？　そんなこと……あるわけない。きっと藤堂の思いちがい。

ポンポンと優しく頭をなでてくる。

……こうやって特別扱いされてるって思ってたけど。

でもほかの子にも、同じようにしてるんでしょう？

同じようなこと、できるんでしょう？

「……ねぇ、どうして私なの？　まわりにたくさん女の子がいる中で、どうして私をハグ友に選んだの？」

そう聞いたら、彼は私の顔をのぞきこんで眉を寄せた。

「……前にも同じこと聞いてたけど、なんで？　どうしてそんなこと思うの？」

「べっ、べつに……なんとなく。ていうか近いから！」

プイッと顔をそらすと、仕方ないなぁというように「はぁ」と息をついた。

「……すごい理由だけど、聞く？」
「う、ん」
　いったいなんだろう？
　ゴクリとツバを飲みこんだ。
「俺さぁ、来るもの拒まずっていうスタイルでずっと女の子といるじゃん？」
「……うん」
「そしたらなんか、もう彼女っていうくくりが面倒になっちゃって。でも女の子は、かわいいしやわらかいから普通に好きだし。だから関わるのやめるのは絶対ムリ。だーけーど、今日も見てたと思うけど、いろんな子と手つないだり？　チューしたり？　そういうのするのかなり疲れんだよね」
「き、気づいてたの？　私が見てたこと」
　そう聞くと、いたずらっぽく笑ってうなずく。
　嫌なやつ！
「疲れるし、ストレスだってたまるときあるし。なんとかなんねーかなって思ってた」
　それって……。
「それで、人間ハグされたらストレス解消できるって聞いて。どうせハグするなら女の子がいいじゃん？」
「ある意味あんたらしい……」
「あは、それ褒め言葉としてもらっとくね。でもまぁ、まわりにいる子だったらなんの意味もないから。俺にキョーミなさそうな千紗にしたってわけ」
『俺のこと好きになるのだけはやめてね』

前に言っていたのを思い出す。
……そういう意味だったのね。
なんていうか、想像してたより……。
「最低な理由」
「んー、だって俺最低なやつだし」
「……嫌い」
もっと特別な理由なのかと思ってた。……つまんないの。
やっぱり嫌いだ、藤堂なんか。
「……じゃあ、私にキスはしないんだ？」
抱きしめられたままそう聞くと、「え？」なんて笑ってくる。
……ムカつくっ。
「なに、してほしいの？」
「……キョーミ、あるかも？」
「ふは、なんで疑問形？」
私だってどうしてこんなこと言っちゃったのかわかんないよ。
でも、だって、なんだか、ムカつくんだもん。
「冗談きついよ、千紗ちゃん」
そうやって流そうとする。
……もっと本気になってよ。
グイッとやつのネクタイをつかんで引きよせる。
一気に近づいた距離に、顔が熱くなってしまったのがかっこ悪いけど、でも。
「……してよ。なんの意味も考えもなくていいから」

私は、どうしてこんなこと言ってしまったんだろう？

どうして、特別な理由がないことにちょっと落ちこんだんだろう？

「……面倒くさいなぁ、もう」

ため息をついて、私の頭の後ろに手をまわす。

ビックリして息が止まると、藤堂がさらに近づくから、ギュッと目をつむった。

その瞬間、おでこにやわらかい感触《かんしょく》。

「……本気ですると思った？」

クスッと笑うから、口ではなくおでこにキスをされたんだと気づいた。

「顔赤くしちゃってかーわい」

「なっ……！」

む、むか、ムカつくっ！

本気でキスされるかと思ったじゃない！

ていうか！

私も私だよっ、どうしてあんなこと……っ。

思い出すだけで恥ずかしい……。

「……で？　本当に今日はどーしちゃったの」

また私を抱きしめ直してから、そう聞いてくる。

もう、私もなにがなんだかわからない。

「……陸と今日たまたま会って、友達からでもいいから、またやり直したいって。考えてみて、って言われたの」

「……ふーん」

「なんか動揺しちゃって……どうすればいいのかな」

　首筋に顔をうずめる藤堂。
　……なに、考えてるんだろう。
　それで私は、なんて言ってもらいたいんだろう。
「んー」
　しばらく経ってから口を開いた彼は、こう言った。
「いーんじゃない？　復縁」
　……それを聞いた私が、なんて思ったかっていうと。
「だって、それって迷《まよ》ってるってことでしょ？　まだ好きだって言ってるようなもんじゃん」
　少なくとも、私が欲しいと思ってるような言葉じゃなかったよ。
「……千紗をこーやって抱きしめられなくなるのは、すげぇ嫌だけどね」
　なんて小さなつぶやき、頭が真っ白になった私には聞こえてくるはずもなかった。

△変な関係のオワリ

『いーんじゃない？　復縁』
『それって迷ってるってことでょ？　まだ好きだって言ってるようなもんじゃん』
　そう、かもしれないんだけどさ……。
　ガタンゴトンと揺れる朝の電車の中で、ギュッとスカートの裾《すそ》を握った。
　でもだからって……そもそも前に進んだほうがいいって言ったのはあいつなのに。
「もう、わけわかんない……」
　あのあと、藤堂はなぜか少し不機嫌そうだったし、陸ともちゃんと話さないとだし。
　はぁ、とため息をつく。
　憂鬱《ゆううつ》な試験までもう残り日数ないのに、こんな考えごとしてる場合じゃない。藤堂の言葉に、ちょっと傷《きず》ついてる場合でもないんだ。
　……麻美に相談してみようかな。
　電車が駅で止まると、ドッと人が入ってきてあっという間にぎゅうぎゅう状態。
　ドアに手をついて、またため息をついた。この駅でいっつも人がたくさん乗ってくるんだよね……。
　こんな状態で夏なんて乗りきれる気がしないよ。
「……あ」

ふと斜《なな》め後ろを見てみると、人の隙間《すきま》からちょうど陸の顔が見えた。

いろんな意味でドキッとする。

そっか…、陸の最寄り駅、ここだったっけ……。

イヤホンをつけて単語帳を開いてる。テスト前だもんね。

意外と勉強熱心だってことに最初はビックリしたな。

……えっ。

ドアにコツンとおでこをもたれた瞬間、誰かに足を触られた。

太ももから、ゆっくりと上がってくる。

ちょっとこれ……満員電車によくあるアレじゃない?

そうだよね?

人が多くてちょっとしか動けないしっ。

誰かに言う?　……ううん、そんなの恥ずかしすぎる。

あぁ、もう!　本当に最悪だ……っ!

陸っ。

チラリと後ろを向くと、パチッと陸と目が合った。

お願い気づいて!

助けてっ!

また次の駅で止まる電車。

ドアが開いた瞬間、……陸が動いた。

私の後ろに立って、誰かをものすごくにらんでる。

すると、太ももを触っていた手が離れた。

陸を見上げると、ホッとしたように息をついてる。

「大丈夫か?」

「う、うん……ありがと」

ていうか、それにしても……距離が近いというか。

陸とドアに挟《はさ》まれてるこの状況、意識しないほうがおかしいって！

それは向こうも同じみたいで、私と目が合ったらすぐにそらすし。……耳、赤いし。

「ご、ごめん、暑苦しいよね……」

「や、全然……気にしてない」

なんか……変にドキドキいってる。

早く駅に着かないかな……落ちつかないよ。

――ガタンッ。

「きゃっ」

大きく揺れる電車に、よろめく私。

つかまるところがないから、思わず目の前にいる陸のシャツをつかんでしまった。

「っご、ごめ……」

あぁ、もう！　どうしてこんなに意識するの……。

あわてて手を離そうとすると。

「いーよ、べつに……そのままで」

「え、でも……」

「いーから、つかんどけって」

陸を見ると、そっぽ向いてるけどやっぱり耳は赤い。

……離しかけた手は、やっぱりそのままにしておいた。

これ、シワとか大丈夫だよね？

ちょっとゆるめに握っとこ……。

「……あのさ」
「……なに？」
「もっと強くつかんどかねーと、また……」
　陸が言い終わる前に、さっきよりも大きく電車が揺れる。
「っほら」
　私がよろめく前に、陸は私の腰を引きよせた。
　一気に心臓の鼓動《こどう》が速くなる。
　は、恥ずかしい……。
「ね、ねぇ……」
　私は大丈夫だから、離してもいいよって言おうとしたのに。逆にギュッと、力が強くなった。
「ごめん、嫌かもしんないけど」
　伝わる陸の心臓の音は、私と同じでドキドキいってる。
「……危なっかしいから、お前」
　ボソッと小さくつぶやく声は、少し震《ふる》えてた。
　たしかに私、……ドキドキしてる。
　やっぱり藤堂の言う通り、陸のこと忘れられてなかったのかな……？
　だって、こんなに意識してるんだもん。
　これって……そういうこと、なんだよね？
　そのとき、プシューッとドアが開く。
　やっと学校の最寄り駅に着いたみたい。

「……さっきはありがと、助かった」
　陸と並んでこうやって学校に行くのは、かなり久しぶりだな。
「泣きそうな目で見てくるからビックリした」
「な、泣きそうって……」
　べつに泣きそうではなかったしっ。
　困ってはいたけど……。
　そんな私を見て、フッと小さく笑う。
「スカートそんなだからあんな目にあうんだろ」
「あっ、ちょっと！　めくろうとするなっ」
　手を伸ばしてくる陸をかわして、ムスッとした。
　私よりもっと短い子たくさんいるしっ。
　麻美のだって短いもん。
「陸だってワックスなんか使って髪キメて来てるじゃん」
「なっ、はぁ？　それとこれとは関係ねーじゃんかっ」
　これは男のオシャレなの、なんて言うその言葉にプッとふき出すと、陸も楽しそうに笑った。
　……そうやって、ニカッと笑う陸の顔、私好きだったな。
　いつでも明るく笑うの、ステキだなっていつも思ってた。
「……俺さ」
　口を開いた陸を、首をかしげて見る。
　そしたら今度は困ったように笑う。
「ちーと、こうやって笑いながら話せて、すげー安心してる」
「え……」
「って、俺情けないな……忘れて！」
　早歩きで行ってしまうので、私はあわてて追いかけて陸のとなりに並ぶ。

安心してるって……そんなの、私だって同じだよ。

まだ気まずさは残ってるけど、それもだんだん消えていくんじゃないかなって思うよ。

「あのさ、試験が終わってからすぐに試合があるんだけど」

陸は、バスケ部でがんばってる。

藤堂みたいに、女の子と遊びまくってるプレイボーイなんかじゃない。

「……その試合、ちーに見に来てほしい」

一生懸命、打ちこめるものがある人。

「じゃあ、応援しに行くよ！」

「……として」

「え？」

私にチラリと視線を移す陸。

ギュッと手のひらを握ったのが、視界の端で見えた。

「……彼女として、来てほしいんだけど」

シャーペンをくるくるまわしながら、ため息をつく。

『彼女として、来てほしいんだけど』

今朝は陸の言葉に返事ができないまま教室の前に着き、結局あいまいになってしまった。

まさかあんな風にストレートに言われるとは思わなかった。素直に言われると、調子狂うっていうか……。

いや、まぁ、陸はもともとあーいう人だっていうのは知ってたんだけど！　でも！

だって、それってつまりは……試合の日までに返事が欲しいってことでしょう？

全部の授業が終わった、放課後の教室。

また今日も、集中できなかったな……。

『千紗、大丈夫？　ぼーっとしてるよ？』

麻美にも心配をかける始末。試験も近いから、こうやって残って勉強しようと思ったけど……ダメだ。

どうしたって考えちゃうよ！

陸のこと、前向きに考えようかなって、思うのに。

どうしてこんなに迷ってるの、私は！

誰もいない教室でため息をつく。

わかってるよ、本当は。

『おいで、千紗』

藤堂のいつものセリフがよみがえる。

よし、陸のところにいこう！って素直に思えないのは、藤堂がいるから。

でも、じゃあどうして？

どうして藤堂のことを考えちゃうの？

「ムカつく……」

今日は藤堂、学校来なかった。

こんなときでもやつのことを考えてるなんて……。

モヤモヤしたまま、陸に返事をするなんてことできないし……どうすればいいのよ。

ガバーッと教科書とノートの上に顔を突っ伏した。

『いーんじゃない？　復縁』

……藤堂には、言ってほしくなかったな。

ていうかなんで今日休んだんだろ、あいつ。

風邪ひいた？　面倒くさかった？

それとも、女の子とデートだったから？

もしデートだったら……最低。

だって学校優先に決まってるじゃない！

デートが理由なんて不健全だよ。

いや、決してヤキモチやいてるとかじゃなくて！

そういうわけじゃなくてね？

……って、なにムキになってるのよ、私。

はぁとため息をついて、ゆっくりと起きあがる。

「……え？」

「……あ、あの」

パチパチとまばたきを繰り返す。

どうして目の前に１年の女の子がいるの？

……って、あ！

この子、陸と一緒にいた子だ！

バスケ部のマネージャーの、えっと、名前は……。

「星川さん……？」

「すみません、急に……」

申し訳なさそうな顔をしている、ショートカットがよく似合う女の子。

陸のことが好きな……星川さん。

でもどうして、こんなところに……。

「あの、早乙女先輩と話がしたくて」

「えっ」

どうして私のこと……。

「陸先輩から、よく聞いてたから……」

「あ、そっか」

だからか……。

「あの、いきなりでごめんなさい」

そう切り出した星川さんは、ギュッとスカートの裾を握った。

私のことを見る目は、なんだか力強い。

「私、陸先輩のことが好きです。先輩たちが付き合ってたときもずっと、ずっと、好きでした」

……うん、伝わってくる。

「……好きだから、幸せになってもらいたいんです」

「うん……」

できることなら、一緒に幸せになりたい。

けど星川さんは、それができない。

「先輩たちがあまり一緒にいなくなって、チャンスだって思ったんです。私のことを好きになってもらえるかもしれない。早乙女先輩の代わりでも、となりにいさせてくれるかもしれない。ごめんなさい……私、卑怯《ひきょう》なことしたんです」

「……ううん」

好きな人に好きになってもらいたい。そのためなら、なんだってする。

……そういうふうに思うのは、変なことじゃない。

ていうか、それを受けとめようとした陸も悪い。

陸と一緒にいる時間を作らなかった私も、悪い。
「だけど、それでも陸先輩が好きなのは、早乙女先輩だから……」
「…………」
「私じゃダメなんです」
好きな人には、幸せになってもらいたい。
「陸先輩とまた付き合うこと、真剣に考えてもらえないですか」
……好きって、なんだろう。
「生意気言ってすみません。でも、陸先輩のためにできること、これしか考えられなくて……」
「星川さん」
「先輩たちの関係を壊《こわ》してしまったのは私だから……」
いまにも泣きそうな顔をしている星川さんの肩に、そっと触れる。
星川さんは、本当に陸のことが好きなんだな。
私は、いまでも同じように陸のこと、好きなのかな？
「……ねぇ、好きってなに？」
ずっと一緒にいたいって思うこと？
触れられたい、触れたいって思うこと？
その人の幸せを願うこと？
私のいきなりの質問にキョトンとする星川さん。
「好きの基準は……人それぞれだと思いますけど……」
それから、ゆっくり口を開いた。
「でも、無意識にその人のことを考えたり、ほかの子と話したり、仲よくしたりしてるのを見ると嫉妬したり。冷たくされると傷ついたり、ちょっとしたことでモヤモヤしたり、うれしくなったり。あぁ、私この人のこと好きなんだなって自覚するきっかけって、意外とたくさんあると思うんです」
　遠くを見ていた星川さんは、視線を戻しまっすぐにこちらを見つめる。
「私は、陸先輩にもっと名前を呼んでもらいたい。そういうふうに思って、先輩のことが好きだって、わかりました」
「……そっか」

　教室から出ていく星川さんを見送って、教室の扉に背中を預けた。
　好きだって自覚するきっかけ……か。
　はぁ、とため息をついてふと横を見てみると。
「……なっ！」
「やっほー」
　な、んでこんなところにいるの。
「藤堂！」
「もー、うるさいってば」
　眉を寄せて耳をふさぐ藤堂の登場に、私、ものすごくビックリしてる。
　え、ていうか、さっきの話……。
「……聞いてた？」
「聞こえただけ」

「聞いてたんじゃん！」
なにそれ、すごく恥ずかしいじゃない。
「もうっ、なんでこんなとこにいるのっ？」
「なんでって……」
はぁ、とあきれたようにため息をつく。
む、ムカつく……。
「さっきまで俺、女の子と一緒にいたんだけど」
「……ふーん」
ほらまた。チクッて、胸が痛くなる。
「その子、しつこいタイプの子で」
「うん」
「なかなか俺から離れてくれなくて」
「うん」
「夜じゃないのにすごかったんだよ？　俺もう今日クタクタなんだけど」
ひとつ言えるのは、藤堂はやっぱり最っ低な男ってこと。
「そんな報告しなくていいっ！」
「えー？　聞いてきたのは千紗のほうなのに」
ムッとしている藤堂は、私の顔を見てニヤニヤしだした。
な、なによ。
「まぁ、千紗には刺激《しげき》が強すぎたかなー」
「なっ、べつにそんなことは……！」
見栄を張って否定しようとした瞬間、グイッと腕を引っぱられた。
ふわりと、藤堂のにおいに、いつものように包まれる。

「な、なに……!?」

いきなりのことでテンパって、心臓がフルスピードで加速してる。

顔が、あっつい……。

「言ったじゃん、俺すごく疲れてんの」

耳もとでささやく藤堂は、ギュッと抱きしめる力を強くした。

「千紗に癒《いや》してもらおうと思ってここまで来たのにさー」

「ちょ、苦しいっ」

「あんまりうれしくない？」

そう聞かれて、そんなことないって、ビックリするほどすぐに思った。

普通に、うれしい。

だって私に会いに、ここまで来てくれた。

「あ、そっか、陸くんとより戻すんだっけ？」

「え……？」

じゃあ、俺にそんなことされてもって感じかー、って、そう続ける。

「千紗が陸くんと復縁するなら、もうこんなことするのも終わりにしなきゃね」

藤堂の言葉に、目を大きく見開いた。

そっか……そういうことになっちゃうんだよね？

そりゃ、そうだよね。

だって彼氏がいるのにこんなことできるわけ……。

「……でもそんなの、なんか腹立つね」

「えっ、ひゃ」
いきなり首筋にキスをする藤堂。
それから、ほっぺ、目、おでこって、いろんなところにキスを落とす。
逃げようとすると腰を引きよせられるし、少し悲しそうな目で私のことを見るから、動けない。
ふいにクイッと片手で顎を持ちあげられて、藤堂と視線が重なった。ドキッて心臓が跳ねる。
藤堂といるときのドキドキと、陸のときのドキドキは、似てるようでまったくちがう。
ゆっくり近づくやつの顔に、
「……なんて、ね」
息が止まった。
「ふは、思わずキスしそうになっちゃった」
困ったように笑う藤堂。
「冗談だよ。ごめんね、もうこれで最後」
前髪を払《はら》って、またおでこにキスをする。
「変な関係もこれで終わり」
そう言って私から離れる。
「……え」
藤堂のにおいが、消えていく。
「じゃあね、千紗」
手を振って、背中を向けた。
あの特別な関係が、これで終わり？
もうやつに振りまわされることも、心臓が痛いくらいにドキドキすることも、あいつのにおいに包まれることも、“おいで”って言われることも、もう、ないってこと？

ねぇ、これさっきも思った。

そんなの私、嫌だ。

……嫌だよ。

『この人のこと好きなんだなって自覚するきっかけって、意外とたくさんあると思うんです』

本当に、そんなきっかけって人それぞれで、意外とたくさんあって、ささいなことなんだね。

自分でもビックリだ。

私、いつ……いつから、藤堂のこと、好きになってたんだろう。

▽わたしのスキナヒト

「……はい、そこまで。後ろから答案用紙集めてきてー」
　先生のその言葉で、教室中からホッとしたようなみんなのため息が聞こえた。
「終わったね、千紗！」
　ポンと肩を叩かれて後ろを振り返る。
　やっと期末試験が終わった。
　勉強期間あんまり集中できなかったし……結果は最悪かな……。
「今日はもう解散みたいだし！　パンケーキ食べに行こうよっ」
「……うん、行く！」
　麻美には話さなきゃいけないことがいくつもあるもん。早く相談したい。

　学校から出て、この前言ってた例のパンケーキ屋さんに入る。
　メニュー表をながめて、ふたりしておいしそうってキャーキャー言って、運ばれたパンケーキの写真を撮って、それからパクッとひと口食べた。
「おいしいっ！」
　なんて、声が重なって顔を見合わせて笑う。
「……で？」

「え？」

頬づえをついてフォークを私に向けた麻美。

マナーが悪いよっ。

「私になにか言いたいことがあるんじゃないのかな、千紗は」

「……えっ」

どうしてわかったの？

私、そんなに顔に出てたかな……!?

「バカだね、親友のことはなんでもお見通しなんだから！」

なんでも言って！って言葉にしてくれる麻美に、私少し感動。やっぱりいい子だ、麻美は！

「……あの、陸によりを戻さないかって言われたじゃん？」

「うん、そーいえばそうだったね」

またひと口パンケーキを口に運ぶ。

生クリームの甘さが広がって、すごくおいしい。

「私、それ断ろうと思って」

「えっ……え、断っちゃうの？」

「うん」

チラリと麻美を見ると、驚いたような顔をしてた。

そ、そりゃビックリするよね。

「なんで？　完璧《かんぺき》に忘れることができたから？」

「えっと……」

完璧に、忘れられたわけじゃないと思う。

だって、また付き合いたいって言われたとき、動揺したのはたしかだし……。

　でも、ちゃんとした理由はあるんだ。
「……ほかに、好きな人ができたの」
　本当に小さい声で言ったから、麻美にちゃんと聞こえてるか心配。
　でも恥ずかしいんだもん……。
　頭の中で思うのと、あらためて口にするのとじゃ全然ちがうし。
「ほかに好きな人って……え、それってまさか藤堂？」
「……えっ」
　え、え、どうしてそんなすぐにわかっちゃうかな？
　私ってやっぱり顔に出やすいんだ!!
　ビックリしてる私に、麻美はクスクス笑った。
「嫌いだって言いながら、千紗たちなんだかんだ仲よさそうだったし」
「そ、そうかな？」
「うん。それに最近は、あいつのこと見る千紗の顔、なんか色っぽかったもん」
「えぇ……それはちょっと意味わかんない」
　色っぽかったって……褒め言葉？
　まぁ、いいや……。
「でもそれって、勘ちがいではない？　ほら、藤堂とハグ友だったじゃん」
　たしかに男の子に抱きしめられると、誰だってドキドキすると思う。
　それを、好きだからなんだって思いこんでるんじゃないか……ってこと、私もちゃんと考えたよ。
「……でもちがう。藤堂と一緒にいると、無条件にドキドキする」
見つめられると恥ずかしくなるし、優しくされると少し照れる。
『千紗』って呼ばれるの、うれしい。
「……これって好きってことでしょう？」
これがそうじゃなかったら、私はもう“好き”がわからなくなるよ。
「……そっか。千紗が本気で好きって伝わったよ。いろんな意味でハードル高いと思うけど、応援する」
そう言ってくれたのがうれしくて、私は麻美に笑った。
「……陸くんにちゃんと断るんだよね。どのタイミングで？」
「うん、明日言おうかなって……」
少し緊張するけど、絶対早いほうがいいし。
期待させるのも、陸に失礼だもん。
「そう……でも、千紗はラッキーだね」
急にそう言うもんだから、目をパチクリとさせた。
私がラッキー？
「だって藤堂とハグ友じゃん！　ほかの人よりも特別な人ってことでしょ？」
「あー……」
最後のひと口をパクリと食べた麻美に、私は苦笑いをこぼした。

「……私、もう藤堂と特別な関係じゃない」
　ハグ友を解消されたってことを伝えると、またビックリしたように麻美は目を丸くするわけで。
「ええっ、でもそれって……千紗が陸くんと復縁するって誤解してるからでしょ？」
「うん、たぶんそう」
「じゃあ、復縁しないよって言えば即《そく》解決じゃん！」
「あはは……そうなんだけど……」
　でも、それじゃあダメ、なんだよね……。
『俺のこと好きになるのだけはやめてね』
　私があいつにキョーミがないから、藤堂は私をハグ友にした。
　それってつまりは……。
「私がやつのこと好きってバレたら、あいつのまわりにいる女の子と同じ扱いになっちゃうってわけ」
　簡単にチューしたり、手をつないだり……。
　私はそんな関係嫌だし。
　そういうことをするなら、ちゃんと彼女としてしたい。
「ハグ友に戻ったら、それこそ彼女になるのなんて難しくなっちゃう」
　そんなのは、ぜったいに嫌！
　ハグ友を解消されたいま、私は藤堂のことをひとりの女の子として振りむかせないといけないんだ。
「な、なんかすごく複雑……」
「藤堂が女の子たちと変な付き合い方してるのが悪いっ」

　私がまずやるべきことなんて、ひとつしかない。
「明日、陸と話すよ」
　陸とは、やっぱり恋人同士に戻れないって。

　試合前のバスケ部は朝練をしている。陸と付き合っていたとき、彼からそう聞いたことがあった。
　だから、陸に直接話そうと思って朝早く来たのに……。
「あーっ、おはよ。千紗」
　ニコッと笑う藤堂。
　よりによって、どうしてこんなときに早く来てるのよっ。
　いつも遅刻ギリギリのくせに！
「っお、はよう……」
　だ、ダメだ！
　意識しだすとあいさつするのも難しい!!
　パッと目をそらして、藤堂が通り過ぎるのを待つ。
　……けど。
「行かないの？」
　なぜかやつは私の前から動こうとしない。
「え？　だってせっかくだし？　一緒に教室行こうよ」
　な、なにこれ……普通に、うれしいっ。
「それとも陸くんと約束ある？」
「えっ、ううん！　ない！」
　大きな声を出す私に、藤堂は「ふーん」だって。
　本当に復縁したと思ってるのかな。

「ねぇ、藤堂？」
「んー？」
　朝早い廊下は静かで、登校してる生徒も少ない。
　藤堂のとなりを歩きながら、そっと彼の顔をのぞきこんでみた。
「……あの、たぶんどうでもいいと思ってるかもだけど」
「なに？」
「私、陸と復縁しないから」
「……え」
「今日断ろうと思って」
　なんて、こんなこと言っても仕方ないんだけど……。
　でも、好きな人には変な誤解してほしくないし。
　あとは、陸にちゃんと話して、藤堂に振りむいてもらえるようにがんばるだけ。
　……って、なんでそんなビックリしたような顔で私のこと見てるの？
「な、なに？」
「……付き合わないの？」
「え、うん……」
「なにそれ、なんで？　あんなに迷ってたのに？」
「そっ、うなんだけど……！」
　迷ってた原因に、藤堂が関わってるなんて言えない。
　な、なんて言えばいいかな。
「……できた」
「え？」

「……ほかに、好きな人が……できたから」
　まだ本人の前で名前は言えない。
　いまはこれが精いっぱい。
　……こんなに恥ずかしいことってある？
　藤堂から視線を外して、自分の上履《うわば》きを見ながら早歩きをした。
　だって、だって！　いま絶対顔赤いし！
　もしかしたらバレちゃうかもしれないじゃんっ。
「……なにそれ」
　ボソッとつぶやいた声が、うまく聞き取れない。
　なに？って聞こうとしたら、急に、腕をつかまれて。
「……そんな顔赤くするぐらい、好きなやつ？」
「えっ、ちょ……痛いよっ」
「……もー、なんなの？　最近こればっかなんだけど」
　そう言う藤堂は、悲しそうな顔をしていて、でもどうしてそんな顔するのか、私にはわからない。
　それに……“こればっか”って、なに……？
「ここ、痛くなんの」
「……え」
　くしゃっとワイシャツを握る。
　胸が、痛いの？
「千紗に好きな人ができたって聞いた瞬間、ビックリするぐらいここが、痛くなってるんだけど」
「えっ、と……」
「ねぇ、これなに？」

そ、そんなこと聞かれても困る……！

え……だってそれって、嫉妬？　ヤキモチ？

ってことでしょ？

「……私に、好きな人ができて悲しい？」

「……なにその質問」

「あは……ちょっと調子のった」

「悲しいよ」

そのひと言に、私は目を丸くする。

「悲しいし、腹立つ。……文句ある？」

な、にそれ。そんなの、うれしすぎる。

ムスッとしてる藤堂、ちょっとかわいい。

……うん、私はやっぱりあんたが好き。

早く、藤堂に『好きだよ』って言いたい。

「陸、ごめん。遅くなっちゃって」

放課後、陸の教室にて。

日直の仕事で少し遅《おく》れた私に、陸はううんと首を振った。

朝、玄関では会えなかったから、メールで伝えた。放課後に話したいって。

自分からノーって返事を出すの、やっぱり緊張する。

今日の授業、なんだかソワソワしちゃってたもん。

「……あの、この前言ってたことなんだけど」

「……うん」

少しうつむき気味な陸。返事、聞くの怖いのかな。

そりゃ、そうだよね……私だって陸の立場だったら怖い。

傷つけるかな……。

でも、言わなくちゃいけない。

「私、陸とは、もう付き合えない」

この人がいいって、思えるような人を見つけてしまった。

こんな気持ちで陸と付き合うのは、失礼だから、断らせてほしい。

「……ごめ」

「ごめんって、言うなよな」

「……え」

パッと陸を見ると、困ったように笑ってる。

「……もうムリかなって、本当は思ってた。また付き合えたらラッキーだなって」

「……うん」

「……好きな人、できた？」

「……ん」

だよなぁーって、ため息交じりの声。

机を椅子代わりにして座っている陸はまたうつむいて、それから、小さく言った。

「……藤堂？」

陸って、泣きそうなとき、うつむくくせがある。

私知ってるよ。

だって、これでも陸の元カノだから。

私に断られて、泣きそうになってくれている。

「……うん」

そこまで、私のことを好きでいてくれた。

ねぇ、バイトばっかりで一緒にいる時間を作れなくてごめんね。

話しあおうとしないで、一方的に別れを告げてごめんね。

陸のこと、ちゃんと信じてあげられなくて、ごめんね。

「ありがとうね」

「……え」

こんな私と付き合ってくれて、好きになってくれて、いまも想ってくれて、泣きそうになってくれて、ありがとう。

「私、陸と付き合えた時間、すごく楽しかった。幸せだった」

「うわ、それ、ズルい……」

ふはって、顔を上げないまま笑い声をあげる陸。

「……知ってるでしょ、藤堂のこと」

女遊びが激しくて、彼女なんか作らなくて、学校一のプレイボーイ。

「両想いになるの、難しいんだ」

でも私、がんばる。好きだから。

「ねぇ、早くふたりして幸せになれたらいいね」

お互いに新しい彼氏彼女ができて、いつか自慢《じまん》しあうの。

だから新しい好きな人できたら、ちゃんと言ってよ。

私応援するからさ。

「ん……だな。でも俺は」

「え？」

「当分ムリそう、とか言ってみたり」

そう言って、やっと顔を上げて、ニッと笑った。

「俺を振ったこと、後悔《こうかい》するくらいいい男になってやるから」

「……うん」

　ごめんね……ありがとう、陸。

「あ、藤堂とのこと、俺は応援しないから」

「私、あいつと陸は気が合うと思うんだけどな」

「ムリムリ、ちーを取ったやつとなんか仲よくする気ないっつーの！」

　これで、正真正銘《しょうしんしょうめい》バイバイだ。

Chapter.Ⅲ

△かませ渾身《こんしん》のラブアピール

「……そっか、じゃあ陸くんとはもうただの友達ってことになったんだね」
「うん、伝えるのにちょっと緊張しちゃった」
　昼休みの購買《こうばい》帰り、麻美に陸とのことを報告して、そっと息をつく。
　……星川さんにも、言わなきゃな。
『好きだから、幸せになってもらいたいんです』
　星川さんごめんね、私じゃその役はムリになっちゃったんだ。
「ちー！」
「うわっ！」
　いきなり背中を軽く押されて、ビックリして振り返る。
　私のことそう呼ぶのはひとりしかいない。
　もう、なにやってんのよ！
「陸！　危ないよっ」
　購買の袋《ふくろ》をぶら下げていつものようにニカッと笑う。
「なんだよ、麻美だけ？　藤堂は？」
「ちょっと！　声でかい……!!　ていうかっ、そっちこそひとり？」
　人が多い廊下でそんなこと聞くなんて信じられない、とか思いながらそう聞くと、陸の背中からひょこっと顔をのぞかせたのは、なんともまぁ、ビックリの星川さんで。

「さっきたまたま会って。どーせなら一緒に昼食うかって話になったんだ」
　そうなんだ。……星川さん、私と陸のこと聞いたのかな？
「ちー」
　私を呼ぶ陸のほうを向くと、耳もとで小さくこう言う。
「いまはまわりの人たちとの関わりを大事にしようって決めたんだ、俺」って。
　うん。その考え、すごくステキだと思うよ。
　陸とは友達に戻ったけど……気まずくなっていなくてよかった。
「じゃあ、私たち行くね？」
「おう、じゃな」
　片手を上げた陸に、小さく手を振った。
「早乙女先輩っ」
「わっ」
　今日は誰かにいきなり呼ばれる日かなにかなの？
　いきなり大きな声で名前を呼んで、腕を引っぱられたらビックリするよ？　って星川さんか。
「り、陸先輩のこと、私が奪《うば》っちゃいますからねっ？」
　星川さんの裏返った声に、小さく笑った。
「いま１番陸に近い女の子は、断トツで星川さんだよ」
　星川さんはすごく素直で、思いやりがある優しい子だもん。きっと、陸も好きになる。はず！
　私の勘が言ってるんだ。絶対まちがいない！
「なに言ってんだよ、ふたりして……！」

　耳を赤くした陸と、うれしそうな顔をする星川さんを見送って、麻美を振り返った。
「私、いまのいままで存在消されてたよね？」
「なっ、ちが！　ちがうよ!?」
　いまのは麻美に関係する話じゃなかったし！
　私は麻美のこと忘れてなかったよ！
「ふふ、まぁいいや。ていうかそんなことより……千紗、あんたわかってんの？」
　教室に入って黒板の前で止まる麻美を、首をかしげながら見る。
　『わかってんの？』って……なにが？
「期末試験、かなり悪かったみたいだね」
「え？」
「赤点ふたつ以上の人は、ほら」
「……えっ」
「補習だってさ」
　ばんっ、と黒板を叩く麻美。
　そこに貼《は》ってあるのは、補習のお知らせプリント。
「ここにちゃーんと、千紗の名前書いてあるよ」
「嘘でしょ!?」
　……ううん、嘘じゃない。
　目を何回ゴシゴシしても、私の名前、消えない……。
　赤点とったら補習って、そんなの聞いてないよ先生！
「これサボったら、夏休みに地獄《じごく》の課題プリントの刑《けい》らしいよ〜」

「ちょっと待って、信じたくないよそんなの！」

「信じてよ。本当のことだもん」

ズル休みもできない……ってそんなのあんまりだ。

いやまぁ！　赤点とった私が悪いんだけどさぁ！

「でも、そんな千紗にいいこと教えてあげる」

いいこと？　補習の私にいいことなんて……。

「なんと、うちらの学年、補習になったのはふたりだけらしいの」

「そのうちのひとりは私だけどね……」

麻美はなんなのかな？

私をこれ以上へこませたいのかな？

たしかにこの高校に受かったのも奇跡《きせき》だってぐらいの学力だけどさ！　私は！

「じゃあもうひとりは、誰だと思う？」

「も、もうひとり？」

……誰だろう？なんて首をかしげると、麻美は小さな声でこう言った。

「藤堂だよ」

その言葉に、目を丸くする。

……あった。とんでもなくいいことが。

「じゃあ、補習あるやつサボったりすんなよ。この教室でやるからほかのやつらはさっさと帰れー」

帰りのHRにて、私はゴクリと唾《つば》を飲みこんだ。

麻美が補習のことを教えてくれてからもう数時間。

私、放課後が待ち遠しかったよ、とってもね。
「サボったら課題プリント大量に出すから。な、藤堂」
「なんで俺に言うの、せんせー」
チラリととなりを見る。
夏服になった藤堂……はっきり言ってかっこいい。
……って、いけないいけない。浮かれすぎだ、私！
『いい？　これはチャンスなんだからハグ以外で距離を縮めなさいよ！』
麻美はああ言ってたけど……できるかなぁ。
だって、陸を断ったあの日、朝早く藤堂と話して以来、あんまり話せてないし。
「……あ」
ほら、いまだってばっちり目が合ったのに、そのままスルーだもん。
私、なにかまずいことしたかな？
「ねぇ、泉！　終わるまで外で待っててもいい？」
「あっ、ズルーい、私もっ」
HRが終わって、いつも通り藤堂の机に集まる女の子たち。こういうところを見ると、やっぱりちょっとヘコむ。
「んー……いいよ、べつに」
「本当？　やったぁ！　カラオケ行こうよ！」
「うん、そだね」
ニコニコしながらうなずく。
私とあいつがふたりっきりになれるのは補習のときだけか……。

ちぇっ、つまんないの！

「ほら、補習やるから、ほかのやつら早く出ろー」

先生がプリントを持ってまた入ってくる。

本当に私と藤堂しかいないんだ……。

な、なんか恥ずかしいっ……。

私がバカだってバレちゃったよ、もう！

「ほら、お前らこれやれ」

「げっ……この量エグくない？」

藤堂がプリントを見て言葉をもらす。

「赤点取ったのが悪い。できたら職員室持ってくるように」

私もプリントに視線を移す。

うわ……たしかにこの量は大変だ……。

でも、終わるまでは藤堂とふたりっきり！

先生は教室にいないみたいだし、これってやっぱりチャンスだ。

「……藤堂も赤点取っちゃったんだね」

声が震えないようにがんばった。

……のに、彼は。

「俺が頭よさそうに見える？」

な、なんか冷たくない？　気のせい、かな。

いやでも、私のこと見ないし。

「早く終わらせちゃおーよ。俺、女の子たち待たせてるし」

気のせいじゃ、ない。藤堂、私に冷たい。

いままでだったらもっと話してくれたのに……いきなりどうして？

　ほかの子には優しく接するくせに。
「もっと私にかまってよ……」
　無意識にポロッと口から出た言葉にハッとする。
　小さい声だったけど……聞こえちゃった？
「……かまってほしい？」
　チラリと私を見る藤堂。
　やっぱり聞こえてた……。
　観念してコクリとうなずく。
「じゃあ、千紗の好きな人教えてくれたらいーよ」
「……はっ？」
　なっ、そそ、そんなの、教えられるわけないじゃん！
　だって本人だもん！　本人目の前にいるんだもん！
「ムッ、ムリ……！　それだけは！」
　そう言うと「はぁ」っていうため息。
「それなら、俺もう女の子たちと遊びに行っちゃおーかなー」
「えっ、でも……プリントがっ」
「そんなのどーでもいいし」
「えぇっ」
　そんなっ、そんなの困る！　この時間をずっと楽しみにしてたのに……！
　ガタッと立ちあがってカバンを持って、藤堂は私を見ないで教室を出ようとする。
　っもう！
「待っ、て……！」

あわてて腕をつかんで、藤堂を見上げた。

「……行ったら、怒るよっ？」

精いっぱいの、反抗《はんこう》。

やつはそんな私を見て、小さく困ったように笑った。

「……それ、かわいすぎ。わざと？」

「っえ、あ、ちょっ……」

「久しぶりにかわいいことする千紗が悪い」

クイッと腕を引っぱられて、藤堂の腕に包まれる私。

ギューッて抱きしめられるの、すごく久しぶりだ。

このにおいなつかしい……。

思わず私もギュッと抱きしめ返すと、藤堂の肩がピクリと揺れた。

「あー……やっぱかわいい」

そうつぶやくから、なんだかくすぐったい。

「……ねぇ、ハグ友に戻ろうよ。陸くんとより戻してないんでしょ」

私に寄りかかりながら、甘えたようにそう言う。

「……千紗と離れたら、俺ダメ。やってけないんだけど」

変にイライラするし、胸痛くなるし、なんて続ける。

たしかにハグ友になったら、ほかの子よりも私は藤堂にとって特別な人になるけど……。

でもそれじゃダメなんだ。

私に甘い言葉をささやくけど、そういうの、ほかの子にも言ってるんでしょう？

「ねぇ、ちーさ」

私は、藤堂の大切な人になりたいんだもん。

「っ、もう、ハグ友にならない」

顔をのぞきこんでくる藤堂からパッと目をそらした。

こういうこと言うの、すごくもったいないなって思う。

だって好きな人だよ？

好きな人に、こんなこと言われてるのに……。

私って、欲張りだ。

「……それ、好きな人がいるから？」

クイッと指で顎を持ちあげられた。

目の前の綺麗な顔に、息をのむ。

右耳のピアスが、キラッて一瞬光ったように見えたのは。

……気のせいかな。

「……うん」

小さくつぶやく。……わかってる。

藤堂が私にこだわるのは、私が彼に興味がないと思ってるから。

だからいま、私が藤堂を好きだってバレたら……彼は絶対、私から離れちゃう。

でも、そんな悲しそうな顔するのは、ズルいよ。

言いたくなっちゃうじゃんか。

『私が好きなのはあんただよ』って。

「……どこのどいつ、それ」

低くてかすれた声なんか聞いたら、嫉妬してくれてるのかなって思っちゃうよ。

「ねぇってば」

私のほっぺたに手を添えて、じっと見つめてくる。
ドキドキさせるの、やめてよ……。
本当に、女の子の扱いをわかってるんだね、藤堂は。
ギュッとスカートの裾を握った瞬間、廊下のほうから女の子たちの声が聞こえてきた。
さっき外で待ってるって言ってた子たちだ……ど、どうして急にここまで？
しかもだんだん近づいてくるしっ！
「あーあ、こんなことなら私も赤点取っとけばよかった」
「だよねぇ。早乙女さんズルーい」
藤堂が声のするほうを見て、うんざりしたようにため息をつく。
そんなふうにするなら、たくさんの女の子と仲よくしなければいいのに……。
「千紗はちゃんと終わらせなよ、それ」
「え……？」
そう言った藤堂は、私から離れて、教室を出ようと扉へと向かう。
……また、行っちゃう。
まだ、嫌だよ……最近ただでさえまったく話せてなかったのに。
あの子たちと遊びに行くんでしょう？
腕なんか組んじゃって、軽くキスなんかしちゃったりもして、『おいで』って、私じゃない子たちに、簡単に言うんでしょう？

私はとっさに藤堂の腕を両手でつかむ。
「……ねぇ、千紗ってさ、甘えん坊だよね」
「だって……」
だって、まだ行ってほしくない。
顔を上げると、彼は私の頭をポンとなでた。
「……行かないで」
「も一勘弁《かんべん》してよ」
片手で顔を覆《おお》う藤堂。
「好きな人、いるんでしょ」
こんなこと簡単にほかの男に言うもんじゃないよって、そう続ける。
……バカ。バカ藤堂。
「……私は、藤堂みたいな人じゃないもん」
「知ってるよ、そんなの。……ほら、早くしないとあの子たち来る」
うるさくされたら千紗、集中できないでしょなんて。
私のことを考えてくれてる言葉。……優しい。
……好きだ。
「……藤堂」
「なに？」
「好き……」
たまらなく好き。本当に、好きなの。
いつの間にか、こんなふうに思ってたの。
「好き、だから、行かないで……」
まだ私のそばにいてほしい。

藤堂と触れあう機会がなくなって、私はすごく寂しかった。大げさかもしれないけど……寂しかったの。

「え……いま、なんて言ったの……？」

「だから、好きって。あんたが好きって言ったのっ」

こういうときでも人の話を聞かないってどういうことっ？

「うー好き……」

「っは、ちょっ、待って。だって好きな人……」

「だからっ、それがあんただって！」

いちど『好き』って言葉に出したら、止まらなくなるのはどうしてだろう？

顔が熱い。

藤堂は、目を見開いてビックリしてる。

「泉もう終わってるかな？」

「終わってなかったら手伝ってあげればいーよ。早く遊びに行きたいしっ」

近づいてきた声にハッとする。

ど、うしよ……もう来るっ。

「来て」

「わっ……」

いきなり腕を引っぱった藤堂が隠れたのは、教卓《きょうたく》の下。

「……動かないで。じっとしてて」

耳もとで小さくささやく。て、いうか……距離が近い。

ドキドキ言ってるの聞こえないか心配……。

なんて、場ちがいなことを思っていたら。

「あれ、泉いないよ？」
「え？　カバンもない……入れちがっちゃったかな？」
「しょーがない。靴箱の前で待ってよ！」
　教室から出ていく音。遠ざかる声。
　藤堂の息づかい。熱い顔。
　ど、どうしよう……この状況……。
　教卓の下って狭《せま》いから、くっつかないと入れないってわかるけどっ。
　それにしても前からこうやって抱きしめられるのは、やっぱり恥ずかしいというか……！
　……藤堂は、ど、どんな顔してるんだろう。
　おそるおそる顔を上げると、まっすぐ私を見つめる藤堂と目が合った。
「……陸くんとは？」
「ちゃんと、話した」
　もう、友達。そう続ける。
「……俺のこと好きなの」
　小さく聞く彼に、息が止まる。
　あらためて質問されると、少し言いにくい。
「……好き」
　私の答えを聞いた藤堂は、一瞬だけどうれしそうな表情を見せた。
　そして、藤堂が近づいてくる。
　私は、目を閉じる。
　そっと触れられるキス。

藤堂のにおいがふわりと香る。

唇が離れて、彼はつぶやいた。

「……ごめんね」

困ったように、小さく笑う。

「俺も千紗のこと好き」

「…………」

「だけど、“これ”が千紗と同じような好きなのか、わかんないから」

返事、できないや。そんなことを言う。

「……最低でしょ、俺」

私に好きな人がいるって知って、まるで嫉妬したみたいに振るまって、簡単に私に触れたりして、私にだけ気を許して笑ったりして。

それで、その結果が、私と同じ好きかわからない？

……なら期待させるようなこと、しないでよっ、バカ！

「……もう、いいよ」

そんなこと言うなら私にだって考えがあるんだから。

「絶対、私と同じ“好き”だって認めさせるから」

藤堂、あんたってやっぱり最低。

「せいぜい覚悟《かくご》しときなさいよ！」

だけど、それでも好きって思ってしまう私も、バカなんだと思うよ。

▽あいつが知らない本気のスキ

『千紗と同じような好きなのか、わかんない』
いま思えば、なんだそれ！って感じ。
体育の授業にて、バスケの得点係をやりながらため息をついた。
勢いあまって告白しちゃったのがいけなかったかな。
いやいや、どのタイミングで告白したって返事は同じに決まってた！
自分で言うのもなんだけど……かなり、すごく。
私はあいつに好かれてる気がする。
だって、私に好きな人がいるって聞いたときの反応とか。
陸とまた付き合うかもしれないって言ったときとか。
見るからに嫉妬してたじゃんかっ！
なんて思いながらペラッと得点表をめくる。
でも、藤堂って女の子とはお遊びで一緒にいるみたいだし、もしかしたら自分のものをほかの人に取られるのが嫌だっただけ、なのかも？
って、なんだ、その最低な理由は！
「麻美！　シュート！」
コートで麻美が華麗《かれい》にシュートを決める。
思わずパチパチと手を叩いた。
『俺も千紗のこと好き』
……ムカつく。

ごめん、とか言ったくせに私にキスまでしたし！

さんざん私のこと夢中にさせておいて、ごめんってなんなの？

絶対好きだって認めさせてやるんだから。

でも、どうやって？

うーん、と頭の中でぐるぐると考える。

その瞬間、麻美のあわてたような声が聞こえた。

「千紗っ、危ない！」

「へっ？」

鈍《にぶ》い音と一緒に、頭にボールがあたる。

突然のことにビックリしてバランスを崩した私は、その場に倒《たお》れてしまった。

……ほら、藤堂のこと考えるとろくなことがない。

―― 泉side ――

『……藤堂』

『好き……』

普段《ふだん》はツンツンしてて、俺のことなんか興味なさそうな千紗が、顔を赤くして俺に『好き』って言った。

……普通に、かわいかったんだけど……。

誰もいない保健室。

いつもの場所の窓枠に腕を組んでため息をつく。

でも、俺は同じ“好き”を返せる自信なんかないわけで。

だって、誰かを本気で好きになったこととかないし？

彼女っていうくくりも面倒だなって思ってたほどだし。

でもほら、俺だって男だから、そりゃ女の子と触れあっていたいって思うもんでしょ。

俺の場合関わってる女の子たちが、ちょっとほかのやつらよりも多いだけ。

「今日はなんかテンション低いね、泉」

そう言いながら後ろから俺の首に腕をまわすこの子も、彼女でもなんでもない。

ただの欲求を満たすだけの関係、みたいな。

「遅いよ、佐藤ちゃん」

「ごめんね、抜け出すの難しくて……」

顔をのぞきこんでニッコリと笑う。

そんな佐藤ちゃんに俺も笑い返す。

「来て、泉」

彼女は俺の腕を引っぱって、ベッドに誘《さそ》う。

抵抗《ていこう》なんかしない。

だって最初からそーいうのが目的なんだし。

「鍵閉めた？」

「うん、もちろん」

微笑むその姿を見て、綺麗だなって思う。女の子ってやっぱりやわらかくて、温かくて、かわいくて、綺麗だ。

「……じゃあ、声、ちゃんと抑《おさ》えてね」

千紗がこんなとこ見たら、どう思うんだろう。引くかな。

また最低、とか言われるかも。

『本気で人を好きになったこと、ないでしょ』

首筋にキスを落としながら、ワイシャツのボタンをひとつずつ外していく。
『最っ低！』
……ふは、そうだね。俺は最低で、変態で、本気で人を好きになったことなんかないような男だよ。
そんなの、千紗が１番知ってるくせに。
『好き……』
ねぇ、どうして。どうして、俺なの？
こんな俺なんかの、どこがいいわけ？
『泉はみんなに平等に接してくれるからいいよね』
遊んでる女の子たちがよくいうセリフ。
俺が特定の彼女を作らないこととか、いろんな子たちと遊んでることとか、みんな知ってるから。
真っ正面から『好き』って告白をされたことはあんまりなくて。
だから、どうしていいのかわかんない。
「……泉？」
目の前にいる佐藤ちゃんも、ほかの子たちも、もちろん、千紗も。
みんな好き。普通に、好き。
「……ごめん、ちょっと気分悪いや」
“好き”のちがいが、わかんない。
『藤堂』
でも、あのとき……千紗に好きだって言われたとき、無意識にキスしてた。

本当に、わけわかんないよ、俺。
「佐藤ちゃん、ごめん。もう戻りな？」
いままで女の子目の前にして、こーいうことしてるとき、ほかの子たちのことなんか考えもしなかったのに。
「もー……勘弁してってI」
またひとりになった保健室で、ベッドに横たわりながら目を閉じる。
すると頭の中に浮かんだのは、やっぱり千紗の顔だった。

―― 千紗side ――

「うー……痛い……」
ボールがあたったところを押さえながら、授業中の廊下を歩く。
『いますぐ！　冷やしてきな！』
倒れた私にすごい勢いで麻美がそう言うから、ここまで来たけど……。
保健室の前に立って、ため息をついたとき。
――ガラッ。
「わっ」
いきなり開いた扉に、目をパチクリさせる。
「さ、佐藤さん？」
なんでこんなところにいるの？
まともに顔を合わせたのは体育祭ぶり、だよね？
思いうかぶのは騎馬戦でのこと。痛い思いしたけど、アレはアレでいい思い出かもしれない。
「なっ……早乙女さ……!?」
「え、なに？」
　どうしてそんなビックリしたような顔……て、いうか。
ものすごく言いにくいんだけど……。
「制服、乱れてるけど……大丈夫？」
　いったい保健室でなにやってたわけ!?
「な、なんでもないわよ……！　あなたこそ授業中にこんなところ来て不純だわ！」
「不純って……あ、ちょっと！」
　キッと私をにらんでから行ってしまった佐藤さん。
　わけがわからない……。
　私はただおでこ冷やしにきただけだし。
　……もしかして誰かいる？
　なんて思いながら静かに中に入るけど、シンとしていて物音ひとつしない。
　誰もいないか……まぁ、いっか！
　氷のうとかあるのかな。
　棚《たな》の中を探すけど、見つからない。
　シップでもいいかな？
　もう、保健の先生どうしていないのよー。
　なんて思いながらシップ片手に窓に近づく。
　男子は外でサッカーなんだっけ？
　藤堂……は、いないか。
　こんな暑い中外に出るなんてありえない、とか言いそうだもんね。

ひとりで想像して、小さく笑う。

それからなんとなく、ベッドのほうを見てみた。すると。

ベッドに１番近い窓の枠に腕を組んで、目をつむって寝ている男子。

……あれ、なんか前にもこんなことあったような。

キラッて右耳が光ってる。

「……藤堂？」

どうしてこんなところに？なんて思いながらゆっくりと近づく。

……寝顔、かっこいい。

ほんのり焦《こ》げ茶色の髪の毛がふわふわしてて、触りたくなっちゃう。

「おーい、藤堂？」

肩を少し揺らしてみても起きない。

じゃあ、触ってもいい、よね？

えいっ、と手を伸ばした。

猫っ毛なのか、藤堂の髪の毛はやわらかくて気持ちいい。

『千紗と同じような好きなのか、わかんない』

『返事、できないや』

ねぇ、どうしてあんなこと言ったの？

告白を断るために適当に言っただけ？

あのときの藤堂は、悲しそうな顔をしてた。

本当に、わからないの？

『あんたって本気で人を好きになったこと、ないでしょ』

『……へぇ、千紗はなんでもわかるんだ。すごいね』
　前にそんな会話をしたのを思い出した。
　……そっか。わからないんだ、本当に。
　じゃあ私にできることってなんだろう？
「大胆《だいたん》だね、ちーさちゃん」
「わっ……！」
　いきなりパチッと目を開けた藤堂に、あわてて腕を離そうとしたけど、逆につかまれてしまうわけで。
「簡単に男に触っちゃダメでしょ?」
　クスクス笑う彼に、不覚にもドキッとしてしまう。
　そんな自分に腹が立つ……。
「……そんなの、藤堂に言われたくないしっ。簡単にこういうことしないで」
　そう続けたら、藤堂は「えー」って笑う。
　少し寂しそうに。
「なんでここに？」
「……ボール、あたって。冷やしに来たの」
「ふーん？」
　つかまれた腕はそのままで、藤堂は立ちあがった。
　ベッドの上に座った彼を軽くにらむ。
　簡単にこういうことしないでって言ったのに！
　腕！　離してよ！
「なにしてんの？　早くここ座んなよ」
「……嫌」
「はー？　いいから、ほら」

「…………」
「こっちおいで」
……ズルい。
やっぱり私、その言葉が好き。
……あんたが言うから、好き。
……なんて。
もう、私気持ち悪すぎ……。
大人しくとなりに座った私に、藤堂は「いい子だね」って笑った。
子ども扱いしないでよね。
本当は藤堂に触れられるの、うれしい。
この腕だって、ずっとつかまれたままでいいくらい。
藤堂のわかりやすい好意。
絶対私のこと好きじゃん……って、思う。
思うけど、藤堂はわかんないって言うから。
「赤くなってる。痛い？　大丈夫？」
前髪を上げて私のおでこを見る藤堂。
コクリとうなずくと、そっか、って安心したようにつぶやく。
「それ、貼ったげる」
「……ありがとう」
相変わらず優しい。
……もう、どれだけ好きにさせるわけ？
期待させるわけ？
ほかの子にも同じこと言ったり、したり、してるのかな？

それは、ものすごく嫌だな。
なんて、思った瞬間。
「えっ？」
ギュッと藤堂に抱きしめられた。
「なっ……あんた、なにして……！」
「なにって、千紗のこと抱きしめてる」
力強く抱きしめる藤堂は、私の耳もとでそう言った。
な、なんで……。
だって私はあんたのこと好きなんだよ？
「自分に興味ない子以外と、こんなことしないんじゃなかったの」
『早乙女さんて、俺にキョーミないよね』
忘れてないよ、あの言葉。
『俺のこと好きになるのだけはやめてね』
わけわかんないよ、藤堂。
「そのつもりだったんだけど……」
ごめんね、って、小さくつぶやく。
「千紗じゃないと俺がダメになっちゃった」
「な、なに言って……」
「ほら、ちゃんと癒してー」
「ちょっ、苦し……」
なんなんだ、本当に。……なに考えてんの、藤堂。
「っ……み、耳！　……くすぐったいからっ」
左耳を触ってくるから、どうにかして逃げたいのに。
ダメだ……。

抱きしめる力が強すぎて思うように動けない。
「藤堂ってば！」
「……泉」
「……え？」
「泉って、呼んで」
顔を少し上げて、横目で私のことを見る彼は、甘えるようにそう言う。
「っ、な……」
なんでそんな、急に……。
「千紗が初めて」
「え……？」
私の肩に顔をうずめて、藤堂は小さくこう続けた。
「……泉って呼んでって言ったの、千紗が初めて」
また、この人は……いったい私をどうしたいの。
「呼んでみて？」
ねぇ、そういうふうに言うのって、私のことが好きだからじゃないの？
「……ずみ……」
「聞こえない」
そう思うのは私だけかな？
私が、ただ調子にのってるだけなの？
「っ、泉……！」
ふわりと、うれしそうに彼は微笑む。
そんな顔を見て、絶対真っ赤になってる、私。
「千紗のにおい、好きだよ」

「すっ、好きって……」
……もうやだ、このタラシ……なんて、嘘。
全然、嫌じゃない。むしろうれしい。
「……私も好き、泉のにおい」
「なに……そんなこと言えるようになっちゃったの？」
「だって本当のことだし」
ねぇ、本当の好きがわからないのなら、私決めた。
「……ねぇ」
「なに？」
「……好き」
あんたに本気の“好き”を毎日言う。
「……本当に、大好きなの」
メイクしてかわいくなるとか、女の子らしく振るまうとか、そんなのまどろっこしいから。
「泉、好き」
「……ちょ、待って」
「毎日あんたに好きって言うから」
あわてたように私の口を押さえる。
それから、小さくため息をついた。
「あのさ……」
「うん」
「佐藤ちゃんに会ったでしょ、外で」
さっきのことを思い出した。
……制服が乱れて、た。
保健室の中には、泉がいた。

「俺、そーいうこといろんな女の子たちと平気でするようなやつだけど」
「……うん」
「……嫌になんないわけ？」
　たしかに泉は最低で、脳内ピンク野郎。
　私以外の子にも、こういうことしてるのかもしれないよね。でも、さっき自分で言ったじゃない。
『泉って呼んでって言ったの、千紗が初めて』
　ねぇ、それって。
　泉にとって私が特別な人だって、言ってるようなものでしょ？
　私は、それを信じる。
「あんたの優しいところも、笑った顔も、“おいで”って言うところも、全部好きなの」
「なにそれ……」
「泉のことが好き」
「もー……ほんっと調子狂う」
　なんなの？　キスでもすればいいの？　ていうかしていい？　なんて、ぶつぶつ言う泉に小さく笑った。
　だって耳が赤い。ちゃーんと見たもんね、私。
「気持ちの込もってないキスなんかいらない」
「……本当に変だね、千紗は」
「変じゃないよ。あんたを好きにさせたいだけ」
「ふは、勘弁してー」
　好きだよ、泉。

△無気力のオウジサマ

窓の外のセミの声。
だるそうな先生の話。
終業式が終わったあとに戻った教室でチラッと、となりにいる藤堂……じゃない、泉を見た。
……スマホいじっちゃってるし。
先生に言いつけてやろーか？
『毎日あんたに好きって言うから』
いま思い出すと、私相当恥ずかしいこと言ったな……。
でも、あぁでもしないといつまでも進展しなそうっていうか……しょうがなかったというか！
これで私のこと意識してくれるといいんだけど。
「……ん？」
私が見ていることに気づいた泉が、ニコッと笑って首を傾ける。
……望みは薄《うす》いかも。
「夏休み明けたらすぐ文化祭だから、実行委員決めなきゃな。やりたいやつ手ぇあげろー」
面倒くさそうにそう聞く先生。
そっか、去年も夏休みに集まって準備やってたっけ。
実行委員ってみんなをまとめなきゃいけないし、私には向いてなさそうだな。
「泉やりなよ」

近くの席の女の子が泉に声をかけている。

「えー、俺？　ムリムリ。そーいうの苦手」

なーんだ。泉がやるっていうなら私だってやったけど、こいつはやる気がないみたい。

女の子にヘラヘラしちゃって……相変わらずだ。

「誰もいないのか？　勝手に決めるぞー？　……じゃあ出席番号17番のやつ」

「……えっ」

ちょっと待って？

本当にちょっと待って？

17番って……私だよっ!?

「あ、早乙女か。お前なら大丈夫だな」

「そんなっ！　ムリですよ、先生！」

「なんとかなるって」

担当決めるの、面倒くさいからって！

前の席のほうを見ると、麻美がクスクス笑ってた。

ひ、人ごとだと思って……！

「よーし、じゃああとは男子だけだな」

うーん、とどの数字にしようか迷う先生。

先生、本当にこんな決め方でいいんですか？って聞きたくなる。

「あー、じゃあもう18でいいや。18番のやつ男だったっけ？」

先生がそう言った瞬間、ざわざわと教室が騒がしくなり始めた。

私の次の人は、泉じゃない、よね？

少しガッカリ。

でもよく思い出してみて、私。

出席番号が次の男子も、なかなか有名な人だったような。

「え、18番って、俺？」

色素の薄い髪の毛。眠そうな目。

普通の男子よりも少しだけ白い肌《はだ》。

「きゃっ……志摩《しま》くん今日はめずらしく起きてるねっ」

「暑いの苦手だって言ってたから！　きっと気持ちよく眠れないんだよ！」

かわいい、なんて言うまわりの女の子たち。

藤堂泉が学校一チャラ男のモテ男なら、あの男子は学校一無気力の隠れ王子さま。

「んじゃ、さっそく今日委員会あるみたいだから。ちゃんと行けよー」

志摩海斗《かいと》くん。

まともに話したことないんじゃないかな、ってぐらいの関係なんだけど……。

しかも今日委員会って！　ついてなさすぎるっ。

「実行委員とか大変じゃん。かわいそーう」

クスクス笑いながらスマホをいじる泉をじろっとにらむ。……その言い方、腹立つしっ。

「なら、私の代わりに泉がやる？」

「えー？　やだよ、男女ひとりずつって決まってるじゃん」

「ふんっ」

　プイッとそっぽを向いた。
　まぁね？　泉はそういうのやらなさそうだし？
　志摩くんと代わってくれないかな、とか思ってても言わないもん。
「……千紗」
　まだ机の下でスマホをいじってる泉を見た。
「なに？」
「……ってる」
「え？」
　聞き返す私に、ムスッと不機嫌そうな顔をした。
「だからー」
「うん」
　私のほうを向きながら、口を開いて、どうしてか言いにくそう。
「……待ってる」
「へっ」
「だから、待ってるって！　言ってんの！」
　ムキになって少し大きな声を出す。
　そんな泉に思わずふき出した。
　耳、ちょっと赤くなってるんだけど……ねぇ、それはどうしてかな？
「泉、いますごい恥ずかしいでしょ」
「あたり前じゃん。千紗が何回も言わせるから」
「私に言うのが恥ずかしかったとかじゃなくて？」
「……るっさい」

なんだか最近、たまーに泉がかわいく見える。

最初のころと立場が逆転したみたい……なーんてねっ。

「ふふ、ありがと。終わったらダッシュで向かう！」

ニッと笑うと同時に、帰りのHRが終わった。

よし、さっさと委員会行って早く戻ってこよう。

だってせっかく泉が待ってくれるんだしっ。

そう思いながらガタッと立ちあがる。

「千紗」

すると突然、腕をつかんでじっと私のことを見る泉。

……えっ、と。

「な、なに……っわ」

いきなり引っぱられてバランスを崩してしまう。

ドアップになった泉の顔に一瞬息が止まった。

ち、ちかっ……！

泉の腕が伸びて、思わずギュッと目をつむる。

「……髪、耳にかけてたほうが俺好み」

慣れたように私の髪を耳にかけて、クスッと綺麗に笑い、泉は私にそう言った。

……もうっ。なんなのよ。誰かに見られてたら大変。

そう思いながらまわりを見わたすと、ほかの人はあっという間に帰ったみたい。夏休みだしね……。

それにしても、やっぱりブワッと顔が熱くなってしまう。

だってこんなの、誰だって見惚《みと》れちゃうでしょ？

「千紗が俺のことからかうなんて100年早いよ」

「あいたっ……」

　デコピンをされて痛がる私を、今度は楽しそうに笑って見るから、なにも言えない。
「終わったら起こしてー。俺寝てるから」
　振りまわされてるなぁ。
　だけど全然嫌じゃないなぁ、なんて。そう思った。

「じゃあ、指定の日までにクラスの出し物の企画書《きかくしょ》を提出してください」
　委員会。となりには、もちろんあの無気力王子。
　まわりから“無気力”なんて言われてるから、どんなもんなんだろう、とか思ってたけど……想像以上。
　委員会始まってからずっと寝てるし。
　これはもしかして、委員の仕事、全部私に任せっきりにするつもりじゃあ……？
　心の中でそう思い、はぁとため息をつく。
「じゃあ、今日は解散！」
　教室の女子はみーんな、志摩くんのこと見てるからちょっと居心地悪かったな。
「志摩くん、起きて。終わったよ」
　ほかの委員の人たちが教室を出ていく中、まったく起きそうにない志摩くんの肩をトントンと叩く。
「ん……」
　まだ眠そうに目をこすりながらゆっくりと起きあがる。
　……猫みたい。
「委員会、終わったから。企画書は始業式に提出だって」

まぁ、たぶん私がやることになるんだろうけど……。

夏休み中に連絡を取って、内容について相談しようってことを話したら「……そだね」だって。

やる気はなさそうな志摩くんだけど、一応連絡先は交換してくれた。

「じゃあ、また２学期にね」

そう言って、教室を出た。

泉が待ってるし……早く行かなきゃ！

「あ、千紗」

廊下を早歩きして自分の教室に戻ると、泉はスマホから目を離して私に向かって笑った。

寝てるかと思ってたのに……。

「ねぇ、泉は文化祭なにやりたい？」

「えー？」

自分の席に座ると、彼は私の机の端に浅く腰かけるからちょっとビックリするわけで。

「メイド喫茶《きっさ》」

「……却下《きゃっか》」

「えー、なんで？」

私の顔をのぞきこんでクスクス笑う泉に、ムッとしてみせた。

なんでってそんなの、完璧あんたの趣味《しゅみ》だからよっ。

「見たいなぁ、千紗のメイド姿」

「なっ！　着るわけないでしょ、バカッ」

人のことバカにして……。

私の髪の毛触ってくるし。
くるくる指に絡ませてなにが楽しいの？
「千紗の髪、サラサラだね」
こんなこと言っちゃって。
「ねぇ、今日は言ってくんないの？」
「あのねぇ……」
私が例の言葉言ったって、なんにも応えてくれないくせにっ。
それでもいーやって思ってたのは私だけどさぁ！
「聞きたい」
千紗に言われるとすごいうれしいって、そう続ける。
どうしてうれしくなるんだろう？って自分で考えてみてほしいんだけどな、私は。
「……好き」
泉のシャツの袖《そで》をキュッとつかんでそう言うと、彼は満足そうに笑った。
こんなんでいいのかな、私。
……ううん、でもこんなことしかできないんだもん。
『俺も好き』って。早く言ってほしいよ、私は。
夏休みなんていらないのに。
こうやって毎日のように学校で泉に会えていたのが、そんな休みのせいでできなくなっちゃうの、嫌だなぁ……。

「千紗っ、これ旅行のお土産！」
夏休み明けの教室。

　ほんの少し日焼けした麻美が、かわいい包みを差し出してくる。
「ありがとう！　これかわいい……っ」
　中身は水色のイルカのストラップだった。キラキラ光っていてとても綺麗。
「でしょっ！　千紗にピッタリだと思って」
　うう…優しいよ麻美っ。
　私は旅行とか行かなかったからなにも渡せない……。申し訳ないな。
「で？　千紗はこの休み、なにか進展あった？」
「えっ、なにが……？」
「もうっ、決まってんじゃん！　藤堂のことだよ」
　どうだった？って、そう聞いてくる麻美に苦笑い。
　早く終わればいいってずっと思ってた夏休み。
　なんと私は、泉と一回も会ってない。
　宿題やって、バイト行って、家の手伝いとかして……それだけ。
「……連絡先は知ってるんだけどね」
「嘘でしょ!?　下の名前で呼びあっちゃう仲になったのに？　一回も？　ありえない！」
　麻美はダンッと私の机を両手で叩く。
　そりゃ私だって誘ったよ？
　ご飯でも食べに行かない？って。
　ちゃんと電話したもん！
『うわーごめん、俺もう予定いっぱいで。あ、予定っつーか、予約……みたいな？』

もちろん最低！って、心の中で叫《さけ》んどいた。

泉は学校一のモテ男。

後輩から先輩まで手を出してるみたいだし？

みんなあいつと遊びたいってことだ。

……でも、だからって。

１日も空いてないってことある？

……あんなことならもっと早くから誘っとけばよかった。ちょっと失敗。

だから、泉と会うのは１ヶ月ぶり。

「まぁ、もう終わったことはしょーがないよね。まだまだイベントはあるんだから！」

元気出して！って励《はげ》ましてくれる。

もう、麻美好き！

「ほら、文化祭もあるんだし！　実行委員で大変だと思うけど、がんばれっ」

「うん！」

そんな話をしていると、先生が教室に入ってきた。

HRが始まって、ふいに先生と目が合う。

「実行委員、今日も委員会あるから忘れんなよー」

文化祭までもう残り日数少ないし、忙しくなるなぁ。

チラッととなりの席を見たけど、泉はまだ学校に来ていない。

やっと会えると思ったのに……残念。

それからHRも終わって、みんなが教室から出ていく。

夏休み中に、志摩くんと何度か連絡を取った。といってもほぼ事後報告だけど。

連絡先わかる人にメールを送って、みんなにアンケートまわしてもらって。

私たちのクラスはお化け屋敷《やしき》ってことになったんだよね。今日の委員会でこの企画書を出すだけ。

チラッと窓側の席で、いつものように眠っている志摩くんを見る。

そういえば夏休み中に一度、志摩くんから《今日……どっかで打ち合わせする？》ってメールが来たけど、ちょうどお母さんと外出する日だったから断ったんだった。

やる気があるのかないのかよくわかんないけど、同じクラスで同じ委員なのに、眠ってるのほったらかしにして行っちゃうのはさすがに志摩くんに失礼、だよね？

「千紗、また明日ね！」

「あ、うん！　バイバイっ」

麻美と別れて、おそるおそる志摩くんの席に向かう。

うわぁ、まつ毛長い……。

肌白い……綺麗。

って、ちがう！　そーじゃないでしょ、私。

ぶんぶんと首を振って、志摩くんの肩を叩いた。

なんか、変なの。

モテるのに、泉とちがってまわりに女の子がいない。

まぁ、人を寄せつけないオーラとか出てるもんね。

「……早乙女さん？」

「うん、そーだよ。もう少しで委員会始まっちゃうから」

「あー、そっか」って、ふわりとあくびをしながら言う。

面倒くさそうに立ちあがって、ちょっとビックリ。

「し、身長、高いね？」

泉より高い……185cmぐらいあるんじゃない!?

だって廊下を並んで歩くと、ほら。

志摩くんのことかなり見上げないといけないもん。

「……そう？　べつに、普通」

少しダボッとしたカーディガンを着ている志摩くんは、身長は高いし細身だし、おまけに顔だって整ってるから、モデルとかやっててもおかしくないんじゃない？ってぐらい、いろいろとすごい。

「……うちのクラスなにすんの？」

「えぇ……メールでアンケートとったじゃん！　お化け屋敷になったんだよ」

「へー、そーなんだ」

またあくびする……。

やっぱり無気力っていうか、やる気がないっていうか。

でも、意外と普通にしゃべれてるな、私。

ちょっと近寄りがたいって思ってたけど、しゃべりかけてくれるし……いい人かも。

「早乙女さんってさ」

「うん、なに？」

チラッと横目で私を見た志摩くん。

「藤堂のこと好きなんでしょ」

「えっ!?」
「あ、その反応。やっぱそーなんだ」
　その言葉に、バッとあわてて両手で顔を隠した。
　ちょっと待って……え？
　ど、どうして急にそんなこと？
　ううん、ていうかなんでわかったの!?
「こないだ早乙女さんと藤堂が抱きあってるの、たまたま見ちゃって」
　無表情のままそう言うから、なぜか焦《あせ》っちゃう。
「俺、あいつと中学同じだったけど」
「えっ、そうなの……？」
「あんまりオススメしない」
　お、オススメしないって……どういうこと？
　女遊びが激しいとか、本気で人を好きになったことがないから……とか？
「い、泉がロクでもない人だってことぐらい知ってるよっ。でも」
　それでも好きなんだもん。……しょうがないじゃない。
「ふーん……。なに、もう付き合ってんの？」
「なっ、まだだし！」
　なんなのもうっ、志摩くん意味がわからないよ！
「なんだ、もう付き合ってんのかと思ってた」
　フッと笑う志摩くん。
　笑うとちょっと子どもっぽく見えるんだな。
「いまのうちにあきらめたほうがいーんじゃない？」

「……どうして、そんなこと志摩くんに言われなきゃいけないの？」

私が誰を好きだろうが、志摩くんには関係ないし。

……そんなこと言われたくない。

「知ってるから。藤堂のほんとの好きな人」

泉の、好きな人？

「知りたくなったらいつでも教えてあげる」

そう言いながら教室に入る。

「早乙女さんバカだから、そのうち痛い目見そうだし」

無気力なオウジサマは、どうしてそんなことを言ったんだろう。

▽右耳のピアス

　カラフルに装飾《そうしょく》された廊下。忙しそうに動きまわるみんな。今は絶賛、文化祭準備期間中。
「千紗ちゃーん、ペンキなくなっちゃったよ！」
　空になったペンキのバケツを上げて、私を呼ぶクラスメイト。
　そんな子たちに「買いに行ってくる！」って言ってから、心の中でため息をついた。
　あんなこと言われたのに志摩くんと一緒にいるのはちょっと嫌だけど、同じ委員だし仕方ない。
「ダンボール足りなそうなんだけど、どうしよう？」
「ポスターって何枚作ればいいんだっけ？」
　いろんなところから、いろんなクラスメイトに質問されている。
　うんうん、頼られるのは仕方ないよね？
　だって実行委員だもん。それはいいんだ。
　……だ、け、ど!!
「志摩くん！　あんたも手伝ってよっ」
　隅《すみ》っこでしゃがんで窓の外を見ている志摩くんに声をかけた。
「えー……」
「えー、じゃない！　ペンキ買いにいくから付き合って！」
　志摩くんは相変わらず無気力だし、準備中もぼーっとしてることが多いし、だからみんな私に頼ってくる。
ゆっくりしてる暇《ひま》なんてないよ……！
それから教室を出る直前でくるりと振り返って、麻美を呼んだ。
「麻美！　ダンボールは生徒会からもらえることになってるから！」
「あ、わかった！　生徒会室行ってくるねっ」
「あとポスターだけど最低３枚書けば大丈夫だよ！」
「おっけー、ありがとっ」
絵がうまい美術部の子からの返事を聞いて、教室を出る。
ひと言で言うと……超絶忙しい！
「はぁ」と学校を出た道でため息をついた。
「……大変だね、早乙女さんも」
「ふん、誰かさんのせいでね」
「うわ、人のせいにするんだ」
「だって実際そうでしょ？」
……なんとかして志摩くんのやる気を出させないと困るなぁ。
私にだって限界ってものがあるんだもん。

ホームセンターに入って、ペンキを探す。
それから私は口を開いた。
「なんにも仕事をやらないのは、実は不器用だからだったりして」
「……は？」

　私の言葉を聞いて、少し不機嫌になった志摩くん。
　これは……いけるかも？
「不器用でたくさん失敗してるところをキャーキャー言ってる女の子に見られたくないから」
「ちょっと」
「なんにもやらないんだ？」
　黒と赤のペンキを持って、レジへと向かう。
「なーんだ、女の子たちの目を気にしちゃうあたり、志摩くんもモテたいんだね」
　クスクス笑ってみると、志摩くんは眉を寄せて私のことを見てる。
　……あ、これ、この顔。絶対ムカついてる顔だ。
　学校へと戻る道で、志摩くんは面倒くさそうにため息をついた。
「……あのさ」
「え？　……って、ちょっ、と！」
　両手に持ってるペンキを強引に奪ってスタスタ歩いていってしまう。
「ちょっと！　志摩くん！」
「早乙女さんって歩くの遅い」
「はぁ!?」
「俺が合わせて歩いてたの、気づかなかった？」
　えっ、そ、そうだったの？
　なんて、志摩くんのとなりにあわてて並びながら思った。
「あと、俺がなんにもできないなんて」

「え」
「大まちがいだから。俺にこんな突っかかってくる子、早乙女さんが初めてだよ」
って、ちょっと楽しそうに笑う志摩くんを見て、私はキョトンとした。

う、嘘でしょ……。
買ってきたペンキを係の子に渡して、それで私、いまビックリしてる。
だって！
あ、あの志摩くんが……ちゃんと働いているんだもん！
「志摩くん、ごめんね。私たちの仕事が遅いから……」
「べつに気にしてない。俺もやる」
「えっ、でも」
「人数多いほうが早く終わるでしょ」
少し仕事が遅れ気味の子たちを手伝ったり、
「志摩ー、なんかこのカッター切れないんだけど！」
「えー、ちょっと貸してみて」
１番面倒くさいダンボールを切る作業だってやってる。
……意外と負けず嫌いなんだなぁ。
かわいい、とか言ってた子たちを思い出した。
……たしかにある意味かわいいかも。
ふふ、と笑ってると志摩くんと目が合った。
「実行委員がサボっちゃダメでしょ」
「なっ、はぁ？」

さっきまでサボってた志摩くんに言われたくないよっ！
そう言い返すと、「ふはっ」てふき出すから。
まわりのクラスメイトも、もちろん私も、目を丸くするわけで。
「ほんと、早乙女さんってバカでおもしろいね」
だってあんなに笑う姿、初めて見たよ。
そりゃあんまり関わってこなかったから、あたり前なのかもしれないけど！
でも、なんかうれしいじゃん。
まぁ……バカって言われたことは置いといて。
『いまのうちにあきらめたほうがいーんじゃない？』
『知ってるから。藤堂のほんとの好きな人』
ふと、この前言われたことを思い出す。
カッターでダンボールを切りながら、泉のことを頭の中に思いうかべる。
……泉に、好きな人がいる？
本気で好きになったことがないって、言ってたのに？
志摩くんの言ってたことを信じるわけじゃないけど、やっぱり気になる……。
あれ？　ていうか泉は？
朝のHRのときは教室にいたよね？
あいつ……サボりじゃんかっ！
「痛っ……!?」
指先から出てる血を見て、サーっと血の気が引いた。
し、しまった……泉のこと考えすぎて手もと見てなかった……！

い、痛い……本当にもう！　泉のこと考えるとやっぱりロクなことが起きない。

カッターで切ってしまった指を押さえて、ギュッと目をつむる。

と、とりあえず……えっと……。

頭がパニックになって、まともに考えることができない。

頭の中が真っ白になってしまった瞬間、

「っ、保健室！　行くよ！」

グイッと腕を引っぱられた。

「え、し、志摩く……」

「なにぼーっとしてんの？　血、出てんの！」

早く、って急かす志摩くん。

私もハッとしてあわてて立ちあがった。

「ち、千紗っ、大丈夫？」

教室を出る瞬間、心配そうな顔をする麻美に苦笑いをした。大変なときに抜けるなんて申し訳ない……。

はぁ、とため息をついた。

「……早乙女さんて、バカなの？」

「なっ……ちがうし！」

「はぁ……なんで俺がこんな振りまわされなきゃいけないんだよ……」

私を引っぱりながら、人にぶつからないように廊下を歩いていく。

き、器用……だ。

　ブツブツ文句言ってるけど、言ってるわりに、こうやって心配して保健室まで連れてきてくれてる。
「……優しいね、志摩くん」
「そんなこと言ってる場合じゃないじゃん、バカ」
「うん、でも、……ありがと」
「はぁ」って、面倒くさそうにため息をつくの、くせなのかな。
　着いた保健室の扉をノックして、中に入る。
「先生いないみたい」
「あ、私ひとりでも大丈夫だから、志摩くん戻っていいよ？」
　実行委員がふたりも抜けてたらみんな混乱すると思うし。早く戻ってあげないと。
「は？　なに言ってんの？　こんな血出てんのに？　バカなの？」
　ビシッと、まだ血が出てる私の指をさしてそんなことを言う。
　……うん、あのね？　きっと志摩くんなりに心配してくれてるんだろうけどね？
　私は志摩くんにニッコリと、笑いかけた。
「心配してくれてありがとう。それは、本当にありがたい。でも……バカバカ言うの、やめてくんないかな!?」
「はぁ？　べつに心配してるわけじゃないし。……自意識過剰《かじょう》」
「なっ……！」

　さっきかわいいって思ったの、取り消し！
　まったくかわいくない!!
「……あれ、千紗がいる」
　ふたりで言いあっていると、聞き慣れた声がした。
　ビックリして、志摩くんと同時に声のしたほうを見る。
「い、泉……！」
「はい、泉でーす」
　保健室でうるさくしちゃダメでしょ、なんてクスクス笑いながらそう言った。
「……指、切っちゃったの？」
「う、うん」
「痛そう。大丈夫？」
　そう言いながら包帯を手に取る泉。
　それから、志摩くんのほうを見てニコッと笑った。
「俺がやるから戻っていいよ」なんて。
　……ちょっと刺々《とげとげ》しく聞こえるの、なんでかな？
「……藤堂、サボりじゃん」
　不機嫌オーラ出しまくりの志摩くんは、泉に向かってそう言った。
「んー、サボりっていうか。寝てたっていうか」
　それ、サボりって言うんだよ。
　文化祭準備で忙しいのに……相変わらずマイペースだな、泉は。
　私の指を消毒しながら、クスクス笑う。
「めずらしいねー、志摩がこんなことするなんてさぁ」

「こんなことって、なに」
　消毒して、包帯を丁寧《ていねい》に巻いていく。
「文化祭の準備、ちゃんと来たり」
「…………」
「ケガした子、ここまで連れてきたりすること」
　保健室に険悪な雰囲気《ふんいき》が広がる。
　無気力王子、志摩くんの顔もなんか怖いし！
「……早乙女さんだったから」
　どうしよう、なんて思ってたところで、志摩くんがそう言うからビックリして目を丸くした。
「……は？」
　それは、泉も同じだったみたい。
「早乙女さんじゃなかったらこんなことしてない」
　な、なにそのいきなり発言……。
「ふーん」って、泉も納得しないでよっ。
「千紗」
「っえ、な、なに！」
　突然名前を呼ばれて、声が裏返る。
　そんな私を見て泉はおかしそうに笑った。
「っふは、ほら、もう終わった」
　そう言われて視線を落とすと、綺麗に包帯が巻かれてる。
　さ、さすが……。
「傷口浅くてよかったね」
　私の指を手にとって、ニッコリ綺麗に笑う。
　それから、そっとケガした指に、

「っ、ちょっ……と！」

包帯の上からキスをした泉。

ブワッと熱くなる私の顔。

そんな私と泉を見て、志摩くんは小さく舌打ちをした。

「……戻るよ、早乙女さん」

「えっ」

また腕を取って、私を引っぱる。

チラッと泉を見た。

「泉も！　戻ろ！」

こんなところでサボったままなんて、実行委員の私が許すと思ってるの？

「へー？　そんなに俺と一緒にいたいんだー？」

私に向かって意地悪く笑う。

「なっ、バカじゃないのっ？」

べつにそういうわけじゃ……いや、まぁ、ハズレってわけでもないけど……！

「ふは、ごめん、冗談」

「じょ、冗談って……！」

……泉と話してるとあいつのペースに巻きこまれちゃうのはなんでだろう。

ぐるぐるとそんなことを考えていると、ふいに泉が私の頭をポンとなでた。

「ごめんね、俺ここで待ち合わせしてんの」

「……え」

保健室で、待ち合わせ？

「だから、志摩とふたりで戻っててよ」

この前のことを思い出す。

佐藤さんと、ほかの子たちとも、保健室で会ってた。

ここで待ち合わせして、なにをしてるのか。

考えなくてもわかる。

「……そっか」

泉はモテるから、そういうことがあってもおかしくない。

むしろ、いままでこんなの日常茶飯事みたいなもので。

でも私が本気で『好き』って言うようになってからは、いままでとちがって女の子たちと遊ぶ約束をしなくなったなぁ、とか。

女の子たちに気軽に触れることもなくなったなぁ、とか。

そういうふうに思ってたんだけど。

「行くよ」

「うん」

……気のせいだったみたい。

そりゃそっか！

だって夏休みも遊んでたらしいし？

志摩くんと保健室を出る。

扉が閉まる瞬間、泉と目が合った。

悲しそうな表情に、ドクンッて心臓が嫌な音を立てる。

……大丈夫。こんなことがあったって、それでも好きなんだから。

私のほうへ振りむかせることができれば、こういうこともなくなる……はず。

「バカだね、あんたって」
「……うっさい」
　廊下を歩きながら、志摩くんに冷たいこと言っちゃって……こんなの、八つあたりだ。
「そんな泣きそうな顔するぐらいなら」
「…………」
「さっさとやめればいいのに」
　歩きながらポンッと頭をなでられる。
　……泉は、私を追いかけてこない。それって、ほかの子とああいうことをするって、こと……なのかな？
　あの悲しそうな顔は、私の告白に対して「ごめんね」って気持ちの表れ？
「……藤堂って」
「……うん」
「右耳にだけピアスしてんじゃん」
　泉の右耳のピアスが、例の好きな人とおそろいなんだってこと、付き合った記念に買ったってこと、それをいまでもつけてるってこと。
　志摩くんは、聞いてもないのに、教えてくれた。
「……早く察しなよ、バカ」
　泉には、好きな人がいる、みたい。

Chapter.Ⅳ

△あいつのスキナヒト

『千紗、おいで』
……泉の好きな人は、いったい誰なんだろう？
文化祭当日の装飾された校舎。
クラスTシャツを着て、楽しそうに笑っている生徒たち。
屋台のいいにおい。
お化け屋敷の受付をしながら、ぼーっとしている、私。
……はぁ。
麻美がせっかく髪の毛を巻いてくれたのに、どうしてこんなに楽しめないんだ、私！
なんて、そんなの決まってる。
あの泉に、好きな人がいるってわかったからだ。
でも、きっとこの学校じゃないよね……そしたら他校の子か。絶対美人なんだろうなぁ……。
「あ、千紗！　中のダンボールちょっとはがれちゃったんだけど！」
それで、その子はいまも泉に愛されてるんだろうなぁ。
「ちょっと、千紗？」
だっていまでもおそろいのピアスなんかつけちゃってるんだよ？　そんなの、いまも好きって言ってるようなものじゃん！
ハッ……もしかして、もう付き合ってるのかな？
あ、でも別れてからもまだ好きで……それで、泉の片想いってこともありえるよね……。

「千紗！」

「わっ！」

　クラスTシャツを着て、ムスッとしている麻美。

　私ったら、全然話聞いてなかった。

「しっかりしなよ、藤堂のことでそれどころじゃないと思うけど！」

「声が大きいってば！」

　準備期間中、麻美に、泉には好きな人がいるらしいってことを伝えた。

『えぇっ!?』って、すごく驚いてたっけ……。ていうか、そもそもあいつの恋愛事情よく知らないし……っ。

　また小さくため息をつく。

「……泉に好きな人がいるなら、絶対実らないよなぁって、ずっと考えてるんだ」

　いままではチャンスがあると思ってたからがんばれたけど、ムリってわかってて飛びこめるほど、私は強くない。

　どうして別れたのか、とか。好きな人がいるのに、どうして女遊びが激しいのか、とか。

　わからないことは多いんだけど……。

「はぁぁ……」

　どうしよう、ため息が止まんないや。

　そう考えたとき、誰かに肩をポンと叩かれた。

　誰？　なんて思いながら振り返る。

　──ぷにっ。

いつかのときと同じようにほっぺたを突いたのは、
「ねぇ、なんで俺、驚かせ役なわけ？」
……泉。
彼の納得いかないような顔に、引きつった笑顔を向ける。
「あんたが受付なんかやってたら、女の子たちがそこにたまちゃってお化け屋敷に入ってくれなくなるからでしょ！」
それと、ほっぺ突いてくるな！
いつも通り私に接してくるのも、なんだか腹立つ。
……好きな人、いるくせに。
「……ねぇ、藤堂は文化祭誰か連れてこないの？」
いきなりの麻美の言葉に目を丸くする。
な、なんでそんな質問？
「え？　んー、たぶん来るよ」
不思議そうな顔をしながら答える泉。
「へー、誰？」
な、なんだか嫌な予感がする。
だって泉が、私のことをチラッて見たんだもん。
「……ある意味大切な人」
……ほらね。
ねぇ、それって泉の好きな人ってことなんでしょ？
「だから、その子が来る時間になったら俺抜けてもいい？」
私を見てそう聞く泉に、唇をキュッと結んだ。
……なんでそんなの、私に聞くの。
嫌に決まってるじゃん。そんなの。

「いーんじゃない？」

でも、嫌なんて言える立場じゃないんだもん。

あー、もうっ！

冷たくしたいわけじゃないのに、どうしたってこんな態度……。

「ありがとー、ごめんね」

また、困ったように笑うし。

『ごめんね』って謝るし。

ねぇ、それ……なんの“ごめん”なの？

「……千紗が決めることだから私は口出しできないけど、簡単に藤堂をあきらめられるの？」

泉が教室の中に戻っていったのを見て、麻美がそう言った。……でも。

思い続けたってなんの意味もないでしょう？

「麻美！　ちょっと来て！」

中から呼ばれた麻美は、私のことを心配そうに見てから、小さくため息をつく。

そして「ちょっと行ってくるね」と言って、中に入った。

騒がしい廊下。楽しそうな生徒。学校はいまとてもカラフルで、……だけど私は。

「泣いてる？」

「わっ！」

いきなり顔をのぞきこんできた志摩くんに、とってもビックリした。

な、なな、なに？　急に……！

心臓止まるかと思ったよ、もうっ。

「……な、泣いてないっ」

そんな答えに「ふーん」って興味なさそうな声を出して、ふわりと眠そうにあくびをした。

たぶん、だけど。

心配、してくれてるのかな。

うん。志摩くんってやっぱり優しい。

となりの席に座る志摩くんをじっと見る。

たしか……泉と同じ中学って言ってたよね？

「……ねぇ」

「なに」

「泉って、中学のときから女遊び激しかったの？」

私の質問にパチパチとまばたきを数回。

それから、ゆっくりと口を開いた。

「いや。女遊びするようになったのは、付き合ってた人と別れてから」

「……そっか」

じゃあ、あのピアスは別れた元カノを想ってまだつけてるってことか。そっか、そっか。

それはちょっと、いや、かなり、ヘコむなぁ……。

『おいで、千紗』

『千紗じゃないと俺がダメになっちゃった』

ギュッと目をつむる。

……思い出すな！　私！

「ねぇ」

「え？」
　急に腕を引っぱる志摩くん。
　ど、どうしたの？
「たこ焼き食べたい」
「え」
　たこ焼き……？
　えっ、このタイミングで!?
「早乙女さん、たこ焼き。食いに行こ」
「え、でも、仕事が……！」
　マイペースにもほどがあるよ、無気力王子！
　どんだけたこ焼き食べたかったの？
　しかもどうしていきなり!?
「行ってきなよ、千紗」
「あっ、麻美」
　いつの間にか戻ってきた麻美に、ポンと背中を叩かれた。
「嫌なこと考えるくらいなら、誰かと楽しくまわってたほうが気は楽でしょ？」
　私はここにいなきゃいけないし、なんて続ける麻美。
　それでもぶんぶんと首を振る私。
「でもっ！」
「２年２組のアップルパイ買ってくること！」
「……え」
　アップルパイって？
　頭の上にはてなマークを浮かべる。
　そんな私を見て、クスッと笑った。

「それと、ひとりで抱えこみすぎないこと」
麻美……。
私、本当にいい親友を持ったな。

志摩くんに引っぱられながら、廊下を歩いていく。
「志摩くん、私、焼きそば食べたい」
小さくそう言うと、志摩くんはフッと笑った。
きっと、こうやって連れ出してくれたのも、気を使ってくれたから。
「……藤堂のこと、知りたくもないのに教えちゃって……ごめん」
少しわかりにくい不器用な優しさが、いまはうれしいや。
「ううん、知っておかなきゃいけないことだと思うし」
知らないままだったら、私きっといま以上に傷ついてる。
……笑っちゃうよね。
勝手に好きだって言ってたくせに、相手に好きな人がいるって知った瞬間、勝手に傷ついてる。
……でもしょうがないじゃない。
「ほら、志摩くん！　たこ焼き並ぼ！」
自信、ないんだもん。
私は泉に好かれてるっていう自信が、無意識のうちにあって。
だけどその自信が、なくなってしまったから。

「志摩くん！　宝探しだって！　やる？」

「……早乙女さんがやんなよ。俺は見てる」
「えー？　じゃあ軽音部のライブ行こうよっ」
「うるさいの嫌い」
　マイナスなこと考えないように連れ出してくれたんだと思ったんだけど……気のせいだったかな。
「じゃあいいよ、麻美のアップルパイ買って大人しく戻りますー！」
　んべっ、と舌を出して２組に向かった。
　ちぇっ……つまんないの。
　さっきからたこ焼き食べてるだけだし。
　まぁ？　私も焼きそば食べられたからいいんだけどさー。

　アップルパイをひとつ買って私たちの教室に戻ると、麻美が退屈《たいくつ》そうに受付の机で頬づえをついていた。
「おかえり。パイありがと……」
「な、なんでそんなテンション低いの？」
「だーって！　全然人が来ないんだもん！」
　こんなことってある!?って私の肩を思いっきり揺らす。
　そんな麻美に苦笑いをした。
「お化け屋敷って人気なはずなんだけどなー」
「おかしいねぇ……」
　中で驚かす係の人が１番かわいそうかも。
　きっと暇でしょうがないよ。
　よし、ここは実行委員としてちょっと貢献《こうけん》してあげようじゃないの！

「麻美！　私入るよ！」

「えっ」

　ひとりで怖くないの？って言ってくれる麻美に大きくうなずく。大丈夫！

「志摩くんと入るから！」

「……待ってなにそれ」

　ガシッと腕をつかむと、志摩くんは心底嫌そうな顔をした。しょうがないじゃん！

　中にいる人も麻美もかわいそうだし！

「せっかく作ったんだもん。それに！　同じ実行委員でしょ？」

　お願い！って頼むと、はぁってため息をつく。

「なんで俺が……」

　とかなんとかぶつぶつ言ってるけど、腕を引っぱっても抵抗しない。

「わかった。じゃあこのライト持ってね」

　渡された小さなペンライトを持って、志摩くんと一緒に中に入る。

「……え、なんか暗くない？」

「そりゃ、お化け屋敷なんだから」

　あたり前でしょ、って言った志摩くん。

　そ、そうなんだけどさ！　ちょっとビビっちゃうじゃん。

「まさかとは思うけど」

「えっ、な、なに？」

「こーいうの苦手とか言わないでよ？」

その言葉に冷や汗ダラダラ。い、言えるわけない。

ホラー系が大の苦手だって。

「はぁー……、嘘でしょ、なんなのバカなの？」

「なっ」

だ、だって！

麻美が退屈してたし！

お化け役の人たちかわいそうだし！

内容はもちろん知っているから、大丈夫かなって思っちゃったのよ！

「あと！　バカって言うなっ」

志摩くんにそう言った瞬間、誰かに足をつかまれた。

サーっと血の気が引いていく。

「志摩くん!!」

だ、誰かに足を触られたんだけど!?

こーいうのアリ!?

近くにいる志摩くんの腕をギュッとつかむ。

「……ちょっと、そんなにくっつかれると歩きづらいんだけど」

「ごごご、ごめんって！　でも怖いし……って、やだ誰かこっち向かって来てるしっ！」

ありえない、ありえない！

長い髪の毛っ、セーラー服っ、かかかか、顔が血に染まって……？

「ひっ……!!」

セーラー服の幽霊《ゆうれい》と目が合った瞬間、ガクンッと全身の力が抜けた。
「はっ!? ちょっと！」
グイッと立たせようとする志摩くんに、涙目の私。
その場に座りこんでしまった私を見て、お化け役の子たちが爆笑《ばくしょう》しだすから正直、とてつもなく恥ずかしい！
「早乙女ぇー！ お前いい反応しすぎだから！」
そんな声と一緒に、パチッと教室の明かりがついた。
目の前でおなかを抱えて笑ってるのは、さっきのセーラー服の幽霊。……ていうか、……男じゃん！
「ふははっ、いい働きっぷりだよ、実行委員！」
「１番怖がってたね！」
みんなが楽しんでくれてるのはすっごくうれしいんだけどさっ！
そんなに笑わなくてもいいじゃんっ。
むーっとしながら、立ちあがろうとする……けど。
ち、力入んない……。
う、嘘でしょ私、こんなに怖がってたの？
そんなことを思いながら、まだつかんでいた志摩くんの腕に視線を移した。
「わっ、ごご、ごめん！」
ハッとして腕を離す。
志摩くんの顔……眉間《みけん》にシワ寄ってるし。
強引に付き合わせてごめんなさい、本当に！
「はぁー……もう」

長ーいため息にちょっとショックを受けるけど、そんな志摩くんは。

「ちょ、ちょちょちょっと！」

私の膝《ひざ》の裏に腕をまわして、ヒョイっと持ちあげた。

こ、これって俗《ぞく》にいうお姫様《ひめさま》抱っこってやつ、だよね!?

「し、志摩く……！　なにして!?」

「耳もとでうるさくしないで。こーするのが１番早いでしょ」

スタスタお化け屋敷になった教室を出て、私たちを見て目を丸くしてる麻美の前でそっと私のことを下ろした。

「な、なにがどうしてこうなったの……」

「早乙女さんが怖がりすぎて腰抜けたみたいだったから、ここまで連れてきただけ」

いままでポカンとしていた私は、その言葉でハッとするわけで。

「だ、だからってお姫様抱っこする!?」

「うるさいってば」

「うるさくないっ」

し、信じられない！

だってまさか志摩くんがあんなことするなんて思わないしっ、か、軽々と持ちあげちゃうし……っ。

……それに、あの教室には、……泉だっていたのに。

「とっ、とにかく！　ビックリしたんだか……」

パシッと、最後の一文字を言う前につかまれた腕に、目を見開く。

「……来て」
泉の低い声に、私はビクリと肩を揺らした。

私の腕を引っぱりながら、廊下を早歩きする泉。
力、強いし痛いし……なにより、顔が怖いんだってば。
「ちょっ、と！　泉？　急になに……！」
どこのクラスも使っていない空き教室に入って、少し乱暴にドアを閉める。
ど、どうしてこんなこと……。意味わかんないよ、泉。
「……つく」
「え？」
「ムカつくって、言ってんの」
「ちょっ……！　んっ……」
ギュッ、と強い力で抱きしめてくる泉。
「い、痛い……って！　い、ずみっ！」
名前を呼んで、胸を思いっきり押す。
だけど、離れてはくれない。
「……焦る」
「……え？」
「志摩に取られそうで、いま、……余裕《よゆう》ない」
どうしてここで志摩くんが出てくるのよっ。
「……自分のせいだって、いまはしょうがないって、わかってんのに」
「ど、どういうこと？」
「千紗」

力をゆるめて、私のことを見る泉。
「俺から離れていかないで。……一生のお願いだから」
なにそれ……。
だって、泉には、好きな人がいるんでしょう？
そのピアスも、おそろいのものなんだよね？
なのにどうして、私にそんなこと言うの？
「いず……」
名前を呼びかけたところで、スマホの着信音が鳴った。
……私のじゃない。
泉が、ポケットに入ってるスマホを取り出す。
表示されてる名前を見て、それから、また、私を見た。
「……腕、乱暴にしてごめん」
申し訳なさそうにそうつぶやき、頭をポンとなでて、泉は教室から出ていった。
“奈々《なな》”。
チラッとだけ見えた画面に表示されてた名前。
『……ある意味大切な人』
泉。あんたって、言ってることとやってることが、矛《む》盾《じゅん》してるよ？
「泉の好きな人……」
絶対、いま、泉を追いかけたら後悔しそうだな。
でも、気になる。
泉が好きになった人が、どんな女の子なのか。
その瞬間、私は勢いよく教室を飛び出した。
廊下を走って、走って。

泉、どこにいるんだろう？

保健室……は、ないか。

今日は１日中先生がいるはずだもん。

屋上は、解放されてないし。

中庭も、屋台がいっぱい出てるし。

じゃあ、あとは……。

「ここだけ……」

図書室だけは、なんでかいつも開いてるんだよね。

今日は文化祭だから、本校舎から離れたここまで来る人なんて絶対にいない。

走ったせいで息が切れてる。

はーっと深呼吸をして、図書室の扉に手をかけた。

音を立てないようにゆっくりと開ける。

中に入って、本棚をのぞきこむと、ここのじゃない制服を着ている女の子と向かいあって、……泉はそこにいた。

なにか話してるのはわかるのに、なんて言ってるのかは聞こえないな……。

……って!!　なにやってんの、私っ!!

コソコソ盗《ぬす》み聞きとか！　のぞきとか!!

よくない、これは絶対によくないっ。

いくらどんな女の子か気になったからって……。

ぱっちり二重に、小さな顔。

胸もとまである髪の毛はゆるく巻かれていて、足も長くて、まるでモデルさんみたい。

遠くからでもわかる。

かわいいっていうより、綺麗な人。
……あれが泉の、好きな人。
考えたら、なんだか悲しくなってきた。
もう、戻ろう。
こんなところ、やっぱり見たくないや。
そう思って、くるりと方向転換《てんかん》したとき。
「……好きだよ」
聞こえてしまったそんな言葉に、一瞬息が止まった。
「本気で、好き」
わかってたこと、だけど。
理解してたつもりだったけど。
いざ目の前で聞くと、こんなに……こんなに、つらいんだね。
うつむいたまま図書室を出ると、誰かに頭を小突かれた。
「……だから痛い目見るって言ったじゃん、バカ」
私の手首をそっとつかんで、廊下を歩いていく。
「っ……ぅ、志摩く」
志摩くんの名前が、うまく呼べない。
「……やめちゃえよ、あんなやつ」
ねぇ、だったら私は、片想いをあきらめる方法を知りたいよ。

▽片想いのアキラメカタ

『なーんで、こんなにかわいく見えるんだろう』
『おいで、千紗』
『そんな顔赤くするぐらい、好きなやつ？』
『俺も千紗のこと好き』
『だけど、“これ”が千紗と同じような好きなのか、わかんないから』
……最悪だ。
『……好きだよ』
『本気で、好き』
暗号みたいな先生の言葉が響いてる教室。
ゆっくりと起きあがった私は、小さくため息をついた。
うとうとしてたらそのまま眠ってしまったみたい。
古典の授業でよかった。これが数学だったら大量の課題プリント出されちゃうし。
……それにしても、嫌な夢……。
どうしてこのタイミングで泉の夢を見ちゃうんだろう。
未練タラタラだ、相変わらず……。
はぁ、とまたため息をついてチラリととなりを見る。
頬づえをついて、ぼーっと先生の話を聞いてる泉。
……文化祭から１週間。
カラフルだった校舎も元通りになった。
『……好きだよ』

私は、あれから泉と話をしていない。

……できるわけないし。

泉のこと見たら、どうしたって思い出しちゃうもん。

あんなに綺麗な子、かないっこない。

だから早くあきらめたほうがいいって、わかってるのに。

「……っ」

こうやって、目が合うと息が止まりそうになるのとか。

「えー……なに？」

声を聞くと耳が熱くなるのとか。

ふわりと、小さく微笑まれると顔が熱くなるのとか。

そういうの、自分で自覚してるから、……いまさらあきらめるのなんて、難しいって。

「……なんでもないっ」

パッと顔をそらして、ギュッと手のひらを握りしめた。

泉の右耳のピアスは、いまもついたまま。

きっと、私に文化祭でのことを聞かれてたなんて、泉は知らないんだろうな。

そう思ったとき、授業の終わりを知らせるチャイムが鳴った。

これで今日の授業も終わり。

外は雨が降っていて、少し暗い。

やば、傘《かさ》、持ってないや……。

「千紗、私これから用があるから先帰るね？」

「あ、うん！」

「……なにかあったらいつでも話聞くからっ」

HRが終わって、私にそう言った麻美に目を見開く。

文化祭のこと、まだ言ってないのに。

……さすが私の親友。

「……ありがと、バイバイ」

かなわないなぁ、なんて思いながら苦笑いをした。

そんなに顔に出てるかな？　私って。

あんまり心配はさせたくないんだけどな……。

って、こんなこと考えてる場合じゃない！

これ以上雨がひどくなる前に、帰らなきゃっ。

「あ、そうだ。文化祭実行委員、今日反省会あるらしいから帰んなよー」

ばっちりと目が合った先生の言葉に顔をしかめる。

ねぇ、先生。タイミング悪すぎじゃない？

「うわーっ……さっきより降ってるし！」

反省会が終わって、志摩くんとふたりで昇降口《しょうこうぐち》で空を見上げた。

駅までは歩きで10分くらいだから、走ればなんとかなる……かな？

「志摩くんはなんで傘持ってきてんの？　裏切り者！」

「えー……天気予報ぐらい見るでしょ」

迷惑そうに眉を寄せる志摩くん。

文化祭のとき、泣きやむまで一緒にいてくれた志摩くんは、いつもと変わらずに接してくれる。

でもたぶん、気にかけてくれてると思うから、もう心配させるようなことはしない。
「それじゃ、私は走って駅まで行くから！」
「はぁ？　傘くらい入れてあげるけど」
「えっ……な、なに、急に……」
　盛大にため息をつく志摩くんに、目をパチクリとさせる。
「早乙女さんってバカなの？　そんなに風邪ひきたいわけ？」
　バカ、バカって、ことあるごとに。
　結構ショックなんだから。
「だって、志摩くんバス通でしょ？」
　バス停と駅の方向は逆だ。
「……だからなに？　普通に送るし」
　お、送るって……。
「なんか、志摩くんが初めのころより優しくなってる気がするんだけど……！」
「なにそれ、俺のことなんだと思ってたわけ」
　そりゃあ、なにに対してもやる気を出さない無気力な人だと思ってたよ。
「……ま、いいや。寒いし行くよ」
「あ、ちょっと待って！」
　少し大きいサイズのカーディガンを着こなしてる志摩くんを、そっとのぞきこんで見た
　なんだかんだいって優しいんだから、志摩くんは。
「……ねぇ」
「ん？　なに？」

ほっこりしてた私に声をかけてきた志摩くんにそう聞き返すと、またため息をつかれるわけで。
「腕、濡《ぬ》れてる。もっとこっち寄れば？」
「あ、本当だ」
でも、ただでさえひとつの傘の下は狭いのに、これ以上近づくのは申し訳ないというか……。
「これぐらい大丈夫だよ！　あんまり近づかれるのも嫌でしょ？」
「はぁー……」
キッと軽く私をにらむ志摩くん。
だ、だからなんで……!?
「いーから、寄れって」
「わっ……！」
いきなり腕を引っぱった志摩くんのせいで、一気に距離が近づいた。
腕、くっついてるし……。
「……あの、志摩くん？」
「なに」
「こ、これ……かなり近いけど嫌じゃ」
「嫌じゃないからこうしてんでしょ」
面倒くさいなぁ、って思ってる。……絶対、思ってる！その顔はそうとしか考えられない！
「何番ホーム？」
「あ、えと、２番…」
いつの間にか着いていた駅。

傘をたたむ志摩くんの左腕を見たら、雨に濡れてカーディガンの色が変わってた。
「志摩くん、傘ごめんね」
「……べつに」
「入れてくれてありがとう！」
ニコッと笑ってみせると、彼は顔をそらす。
駅まででいいって言ったのに、どうしても家まで送るといってきかない志摩くんと、ちょうど来た電車にふたりして乗った。
「文化祭、楽しかったね」
ガタンゴトンと動く電車の中。
ドアに背中を預けている志摩くんにそう言うけど、なにも答えてくれない。
「そうだ、バイト先のカフェでね、新作のケーキが出るんだって！」
今度食べに来なよっ、て、これも無反応か……。
もう、どうして急に？
なにか嫌なことでもしちゃったかな。
そんなことを思いながら、着いた駅で降りる。
家どこ？って聞いてくる志摩くんに道を教えて、それから私はまた口を開いた。
「ねぇ、志摩くんは趣味とかないの？」
「…………」
「私は映画見るのが好きなんだぁ」
サーッと、雨の音が静かな住宅街に響く。

志摩くんは、急に足を止めた。
ビックリしてとなりを見上げると、じっと私のことを見てるわけで。
「……それ、なに？」
「え……と、それって？」
笑ってみせると、志摩くんは眉を寄せた。
「……そのカラ元気」
「え」
「さっきから、ムリして笑ってんの、バレてるから」
文化祭で迷惑をかけた。
いまだって、わざわざ家まで送ってもらって、志摩くんのカーディガン濡らしちゃってるし。
泉とのこと、志摩くんは知ってるから。
だからこそ、心配かけないように振るまってたのに。
「……そっかぁ」
……バレちゃってたか。
「……ねぇ、泉は、あの綺麗な子と付き合い始めたのかな」
「…………」
「もしそうだったら、私は早くあきらめなくちゃいけないのに」
「早乙女さん」
「泉のこと見ると、どうしたって好きって思っちゃう」
じんわりとたまっていく涙が流れないように、必死に我《が》慢《まん》をする。
その瞬間、志摩くんの腕がそっと伸びてきた。

「っ、志摩くん……？」
優しく抱きしめられてるってことに気がついたのは、志摩くんのにおいがふわっと香ってから。
「……俺の前では泣けばいーじゃん」
いまだったら早乙女さんの顔見えないし、なんて続ける。
相変わらず優しくて、心配性で、……まるで泉みたいだ。
ちがうところといったら、抱きしめ方が優しいところぐらい。
泉は力強くギュッてしてくるから……。
傘が外れたせいで、雨が頭上に降ってくる。冷たいしずくが頬を流れた。
そして私は、ゆっくりと志摩くんの背中に腕をまわす。
「……早乙女さん？」
小さな志摩くんの声にハッと我に返り、あわてて彼から離れる。
無意識でも、泉と重ねるなんて失礼だ、私。
「っごめん！　帰る……ここまでわざわざありがとう！」
志摩くんの返事も聞かずに、私は雨の中を走った。
「……なにしてんの、俺……」
志摩くんがそうつぶやいたことも、知らないまま。

「っくしゅん！」
こうならないように、志摩くんが送ってくれたっていうのに。
「……頭痛い……」

見事に風邪をひいてしまった。
『……俺の前では泣けばいーじゃん』
いつもより少し遅く着いた靴箱の前で、昨日のことを思い出す。
……なんだかいま、志摩くんに会うのは気まずいな。
まさかあんなことしてくるとは思わなかったし、私も私で抱きしめ返しちゃったし……っ。
……相当メンタルやられてる。
それもこれも、いろんな子にヘラヘラ笑いかけるタラシ男のせいなんだから。
なんて、泉のせいにしないとやってらんないよ。
上履きに履きかえて階段を上り、教室へと向かう。
「ケホッ……」
咳《せき》は出るし頭は痛いし、ダルいし、……これ、もしかしたら熱があるんじゃ……？
いやいや、だからって学校休むわけにはいかないもん。
ただでさえ最近授業ちゃんと聞いてなかったし。
ガラッと扉を開けて教室の中に入る。
自分の席に座って、カバンの中からペンケースを出して、それから……って、どうして泉はこっちを見てるの？
「……な、なに？」
文化祭が終わってから、私はもちろんだけど、泉も必要以上に私にかまわなくなった。だから、こうやって見られるのも久しぶりっていうか……。
「体調悪いんじゃないかなーって思って」

頬づえをついてじっと私を見る泉。

どうして触ってもないのにわかったんだろう？

……でもここで、そうだよ、なんて言うのはなんか悔しい。うれしいけど、腹立つんだ。

「……そんなことないもん」

プイッとそっぽを向く。……ムカつく。

あんたのそういうところ、ムカつく。

――キーンコーンカーンコーン。

HRも終わって授業の時間になった。

１限目、日本史。

歴史マニアの先生は相変わらずマシンガントークをかましてる。

この授業はまだ寝てられるからいいけど……。

問題は３限目の数学。

いっちばん苦手な教科だから寝てられないし、ズキズキ痛む頭を使わなくちゃいけないから……正直、しんどい。

「ケホッ……」

休み時間は麻美に気づかれないように元気に振るまっていたけど、もう限界かも……。体が重くて、寒くて。

「藤堂が手ぇあげるなんて、めずらしいな」

先生のその言葉に、ゆっくりととなりに座っている泉を見る。

「この問題、解《と》けんのかー？」

「えーっと、そういうのじゃなくてー……」

綺麗な長い指を私に向けて、ヘラっと笑った。

「早乙女さんが体調悪そうなんで、保健室連れていきたいんすけど」
「……えっ」
　なっ、どうして急に……。
　わざわざそんなことしなくてもいいのにっ！
「あー、じゃあ頼む。学校で変なことしたら特別指導だかんな?」
「ちょっと待って、俺そんなに信用ない？」
　困ったように笑う泉。
　そんな変なやり取りしてる場合じゃないってば！
「ちょ、ちょっと待って！　私はべつに……っ」
　クラッと、いきなり立ったせいで視界が揺れる。
　そんな私の腕を、泉はつかんで引きよせた。
「強気なところは千紗のいいところだけど、いまは大人しく保健室行くよ」
　……ムカつくっ。
　耳もとでつぶやかないで。子ども扱いもしないで。
　私のこと、甘やかさないでよっ。

「歩くのしんどい？　ふらふらしてるけど」
　授業中の静かな廊下で、私の腕を引っぱりながら歩く泉の背中を見る。
「……あ、それともお姫様抱っこしてあげよーか」
「バカじゃないの……」
　自分で、歩けるし。

仮にでもあんたには好きな人がいるんだから。
そういうこと簡単に言っちゃダメでしょう？

「……あれ、誰もいないや」
保健室の独特なにおい。
相変わらずここの養護《ようご》教諭《きょうゆ》は、やる気がないみたい。
……それともいまは職員室にいるのかな。
「とりあえず、ほら、寝て。それと熱測って」
「……ケホッ」
ベッドに横たわりながら熱を測る。
——ピピピッ。
体温計を泉に渡すと、「うわー……」っていう声。
「38度だって。よくこんなんで学校来れたねー」
「ケホッ……だって……」
「だってじゃないでしょ。おなか出して寝てるから風邪ひくんだよ？」
「なっ、そんな寝方してない……っ！」
弱ってる女の子に向かってなんてこと言うんだ。
クスクス笑ってるけど許さないんだから……。
「はー絶対熱あると思ったんだよねー」
体温計をくるくるといじりながら小さくそうつぶやく。
だから……どうしてまたそんなこと……。
「……どうして、わかったの」
麻美だって気づかなかったのに。
「わかるよ。千紗のことだし」

クスッと小さく笑う泉。

……いま、顔が熱くなっている理由は、うれしいからとかそういうのじゃない。

そういうところだよ、泉。

あんたのそういうところに、私は何回も何回も期待してしまったんだ。

朝、ちょっと見ただけで体調が悪いってわかっちゃうところ。

気をきかせて保健室まで連れてきてくれたところ。

こうやって私に向かって笑いかけるところ。

あんたの、そういうところが、ムカつくっ……。

「……泉」

「ん？」

ねぇ、あんたには好きな人がいるんでしょ。

私聞いちゃったんだ。

文化祭、図書室で綺麗な女の子に好きだって言ってるところ。

知ってるよ、まだつけているそのピアスの意味も。

ちゃんと知ってる。

あんたに本気で好きな人がいるってこと。

……ねぇ、だからこそ、この優しさが、つらい……。

どうしてこんなことするの？

私があんたのこと好きって知ってるでしょ？

「……私のことが、好きじゃないなら！　期待させるようなことしないでっ」

　泉のことをあきらめないといけない。あきらめなくちゃダメなんだ。

「……千紗」

「私はっ、泉に対するこの気持ち全部、もう忘れたい……」

　泉に片想いをしたまま幸せを願えるほど、私はいい子じゃないし、できた子でもない。

　だから、もういっそのこと、全部忘れてしまいたい。

　私は……片想いを終わらせたい。

△勝手な君のエピソード

『そっか、まだ熱下がんないんならしょうがないね……』
「ゴホッ……うん、ごめんね」
　お大事にね、って優しく言ってくれた麻美にお礼を言ってから電話を切った。
　傘をささずに家まで帰って風邪ひいて、泉に保健室まで連れていってもらったのが２日前。
《バカは風邪ひかないっていうのにね。お大事に》
　志摩くんからお見舞《みま》いメールをもらった。
　……ちょっとバカにされてる気がするのは、たぶん気のせいじゃないよね？
『……私のことが、好きじゃないなら！　期待させるようなことしないでっ』
　……泉からは、なんの連絡も来てない。
　そりゃそうだよね。
　だって、保健室までわざわざ連れていってくれた泉に、嫌なこと言っちゃったし。
　……本音だったとしても、タイミングってもんがあるじゃん。最低だ、私も。
『絶対、私と同じ“好き”だって認めさせるから』
『せいぜい覚悟しときなさいよ！』
　あんな強気なこと言って、『泉に対するこの気持ち全部、もう忘れたい……』って、なによ？

自己中にもほどがあるでしょ、私っ。

「ゴホッ……ケホッ」

いよいよ泉のこと好きだって思う資格も、言う資格も、なくなっちゃったんじゃない？

心の中でため息をついて、スマホのロック画面を見る。

……そういえば、この写真もまだ変えてなかったな。

陸のことをまだ引きずってた私を気づかってくれたのかどうかはわからないけど、それでも泉が強引に変えてくれたおかげで、私は前を向くことができたんだっけ。

写真の私、ビックリしてる。

ぜんっぜん、かわいくない。

泉ひとりだけ盛れてて、なんかムカつく……。

「……ぷっ」

思わずふき出してしまった。

はーあ。……いろんなことがあったな。

陸と別れて、泉を好きになって。

つらいこともあったけど、それでも楽しかった。

『……好き』

……泉のこと、まだ、好きだ。

でも、少しずつでもいいから、好きって気持ちがなくなればいいなって。

友達として好きって思えるように、私もがんばろう。

「あっ、千紗！　もう風邪大丈夫？」

「麻美久しぶりっ、もう平気！」

数日ぶりの教室に入ると、すぐに麻美が飛んできた。

その様子に笑いながらギュッと麻美を抱きしめる。

久しぶりの麻美……いいにおいっ！

「心配してくれてありがと。あと、休んでたぶんのノート見せてもらってもいい……？」

「まかせて！　スマホで写真撮っていいよ」

麻美の席は１番前。

だからそっちに向かおうとしたんだけど、……どうして麻美は後ろのほうに行くの？

……もしかして。

「私が休んでる間に席替えした？」

「あっ、そーなの！　千紗の席はそこだよ」

麻美が指さしたのは、窓側の１番前の席。

よりにもよって１番前かぁ……。

「ふふん、今度は千紗が前だね」

「スマホいじれないのはつらいなぁ……」

パシャパシャと麻美のノートを撮って、ふと思った。

……席替えしたんなら、泉とも離れたってことだよね？

どこになったんだろう。

「……藤堂なら、千紗の後ろの席だよ」

「えっ」

なにも聞いてないのにどうして私の思ってることが？

「バカだなぁ、千紗は。あんたが思ってる以上に、顔に出てるんだからねっ」

ふふっと笑う麻美。

……だから泉とのことでなにかあったら、すぐにわかったのか。

麻美は大好きな親友だし、心配もかけたし……早く言わないとな……。

「藤堂とのことは、千紗が言いたくなったらでいいよ」

「え……」

「ほら、自分から言いたくないことだと思うからさ！」

ねっ、て背中を叩かれる。

麻美……。

「……あのね、私、泉のことあきらめようって思ってるの」

もうこれ以上、麻美に甘えていられないもんね。

「すぐにはムリかもしれないけど……ていうか絶対ムリだけど」

「うん」

「友達に戻って、泉のこと応援できたらいいなって、思う」

小さくそう言うと、麻美は優しく私の頭をなでてくれるわけで。

「……千紗が決めたことだから、私はなにも言わないけど。つらいときは私のこと頼ってね」

千紗の１番の友達だから！って。

その言葉すっごくステキ。

――キーンコーンカーンコーン。

HRの始まりを知らせるチャイムが鳴り、急いで新しい席に座ると、ガラッと扉を開けて先生が入ってきた。

泉は、まだ来てない。

そりゃそっか、HRに間にあうほうがめずらしいし。

……となりの次は後ろかぁ。

せめて、少しでも離れてたらまだよかったのに。

忘れようとしてるのに、この席はひどくない？　席替えの神様。

「藤堂、は遅刻っと……」

いつも通り、出席簿《しゅっせきぼ》に印をつける先生。

ボールペンを動かすのを止めたところで、前の扉から入ってくるひとりの生徒。

「せんせー、俺セーフってことで」

「……アホ、アウトだっつの」

猫っ毛の髪の毛に、軽く着崩している制服、香水《こうすい》じゃない石けんみたいな香り、切れ長の目に、右耳のピアス。

おはようって、心の中で言うことにする。

だって、なんともないようにあいさつするのは、まだ私にはできない。

泉が横を通る。

ガタッと椅子を引いて、後ろの席に座った。

「……この前は、ごめん」

かすれた小さな声が聞こえて、私は手のひらをギュッと握りしめた。

「……私も、嫌なこと言っちゃってごめんね」

ねぇ私、友達だと思えるようにがんばるよ。

どうやってがんばるのかはまだわからないけど、でもがんばる。

「よーし、じゃあ今日も勉強がんばれー」

適当な先生の言葉でHRが終わる。

いつもなら、泉のまわりに女の子が集まるはずなのに。

……どうしてだろ？　今日はひとりも来ない……。

「千紗、１限移動だよ。行こう？」

「あ、うん」

……そっか。

あの綺麗な子とうまくいってるからってこと……なんだよね？

本命の子ができたら、もういろんな子と遊んだり、触ったりできないもんね。

……そっか。

あ、やばい。ちょっと泣きそう。

引っこめ、涙っ。

本気で人を好きになったことがないなんて……嘘つき。

中学にひとりだけ、いたじゃんか。

初めて付き合った子のこと、別れてからもずっと好きだったくせに。

『俺から離れてかないで』

ねぇ、じゃあどうしてあんなこと言ったの？

どうして不機嫌そうに、私の好きな人が誰かって聞いたの。どうしてあのとき、私にキスしたの？

『泉って、呼んで』

どうして、下の名前で呼ばせてくれたの？

どうして……期待させるようなことしたの。

いろんなことを思い出しては、結局いつもこの疑問。

バカだな、私も。やっぱりすぐに忘れるのは難しい。

はぁとため息をついた。ぐるぐると考えごとをしながら受けた授業は、まぁ集中できたとはいえないわけで……。

机の上の日誌に視線を落とす。

日直だからこれを書くために放課後残っていたけど、ぼうっとしていたらあっという間に時間が経っていた。

門が閉まる前に学校を出なきゃ。

ローファーに履きかえて、校門を出る。

涼《すず》しい風が吹き始めたこの時期は、もう夕方になると薄暗い。

「あれ……？」

駅へと向かいながら首をかしげる。

前を歩いてるあの人、私知ってる。

スポーツバッグにバスケットボールのストラップ。

「陸っ！」

「え？　あ、ちーじゃん、めずらしいな！」

相変わらず犬みたいに笑うなぁ……なんて思いながらとなりを歩いた。

「部活お疲れ」

「おう。つーかなんでこの時間までいたんだよ？」

「あー。……んと、ちょっとぼーっとしてて」

苦笑いをすると、ふーんって。

泉のことは言えないなぁ。

なんだか言いづらいというか。

「で？　お前藤堂と最近どうなの？」

「えっ」

言いたくないなぁ、って思ってた直後にそれ？

タイミング悪いなぁ、もう。

……いや、でも、陸には言わなきゃいけない……よね？

だって『早くふたりして幸せになれたらいいね』って言ったのは私だもん。

ゴクリと唾を飲みこんだ。

「……私、あいつのことあきらめようと思ってて」

「……はぁ？」

ものすごく長い間を空けてから、急に大きな声を出すから、私もビックリしちゃったじゃんか！

「えっ、なんで？　コクってフラれたとか？」

「す、すごいグイグイ聞いてくるね……」

「いーだろべつに。で？　どーなんだよ？」

顔をのぞきこんでくる陸。

どーなんだって言われても……。

「好きって言って、そしたら、私と同じ好きかわからないって……」

泉は、中学生のころに付き合ってた人のことがまだ好きで、文化祭のときにその人とうまくいったみたい、とつけたした。

「……いまは、女の子たちと遊ぶのもやめたみたいだし」

すごいよね。だって、あんなに女遊び激しかったやつが、パッタリしなくなったんだよ？
　すごい愛されてるんだなって、思うよ。
「……じゃあ、ちーはいま藤堂と話もしてないってことか」
「話とか、できるわけないよっ。あきらめようとしてるのに！」
　うーん、となにかを考える陸。
「ちーの話を聞いたら、藤堂はすげぇ最低だなって思う」
「…………」
「女たらしで、チャラチャラしてて、ちーのこと奪って、いまこうやって悩ませてるし。普通に腹立つ！」
「それは言いすぎ……」
　ふぅ、と息をついた陸は、私のことを見た。
「……でも、俺の勝手な思いこみだけど。もし、藤堂が本当にその中学のやつとうまくいってるんだとして。ならどうして、最近、あんなに楽しくなさそうなんだろうな」
「……え？」
　泉が、楽しくなさそう？
「俺、この前あいつと廊下ですれちがったけど、ぜんっぜん元気なかったし」
「元気……」
「もしかしたら、もう一回ちゃんと話したほうがいいかもしんねーよ」
　ちーのためにも。なんて、ニカッと笑う。
「俺だけじゃなくて、ちーも幸せになってくんなきゃ、俺たちが別れた意味なくなっちゃうだろ」

　そう言った陸のスマホが、ブーッと音を立てる。
　誰かからメッセージを受信したみたい。
「……あ、星川だ」
　慣れたように返信をしてから、今度は少し照れたように笑った。
「自慢すんだろ、お互いに恋人ができたら」

『もしかしたら、もう一回ちゃんと話したほうがいいかもしんねーよ』
　陸はああ言ってたけど……。

　翌日の放課後。
「お、早乙女ちゃん来たね」
「……お疲れ様です」
　ニッコリと甘い笑顔を向けたのはバイト先の店長。
　相変わらず……顔面偏差値高いよなぁ。
　カウンターの席に座って自分で淹《い》れたコーヒーなんか飲んじゃって……一応いま営業中なんだけど？
「なーんか浮かない顔だね？　学校でなんかあった？」
　適当そうに見えて意外と鋭《するど》いんだよなぁ、店長って。
「……実は、ちょっと」
　昨日の陸の言葉を、学校でもずっと考えてた。
　泉が楽しくなさそうだとか、元気がないとか。
　……でも、私には関係ないこと。
「さては恋の悩みだな？」

「……ええっ!?」

　店長のいきなり発言に、目を丸くする。

　ど、どうしてそこまでわかっちゃうの……！

「わっかりやすいなぁ、早乙女ちゃんは」

「かっ、からかわないでください！　もうお使いも、花壇《かだん》の水やりもしませんよ？」

　ムッとしてそう言い返すと、クスクス笑いながら「ごめんごめん」って。

　……反省の色が見えないんですが。

「まぁでもさ、恋の悩みなんて？　自分が素直になれば、大抵《たいてい》解決しちゃうもんだよ？」

　あと自己完結しないこと。これ絶対。

　──カランコロン。

　私が口を開く前に、ドアのベルが鳴った。

　お客さんが入店した証拠。

「い、いらっしゃいませーっ」

　パッと振りむき、それからまた目を丸くするわけで。

　どうしてかって……。

「し、志摩くん？」

　なんともめずらしいお客さんだったから。

　いや、でも本当にどうしてこんなところに？

「早乙女ちゃんの友達？　えーっ、イケメンだね」

「ちょっと店長！　そういうのダメっ」

　褒め言葉だとしても、志摩くんはあんまりうれしくないだろうから！

「……早乙女さん」
「え、なにっ」
　出たなっ、意地悪志摩くん！
　きっとまた私に向かって『バカ』って言うんでしょ。
「先に謝っとく」
「……はい？」
　えっと……『バカ』って言わないの？
　いやいや、そんなことは置いといて……。
　先に謝っとくって、なにが？
「本当ごめん」
「え？　……えっ？」
「あとできれば、ボックス席がいい」
「あ、じゃあこっちに……」
　ていうか、志摩くんはどうして私のバイト先を知ってるんだろ？
「早乙女さんといつも一緒にいる人に聞いた」
「あ、麻美か……って、また顔に出てた!?」
「うるさい」
　志摩くんは、少し疲れ気味の様子だ。
　４人がけのテーブル、ってことは、あとから誰か来るってことだよね？
「……もしかして、彼が早乙女ちゃんの好きな人？」
「ちがいますよっ」
　キッチンから小さな声で尋《たず》ねる店長を軽くにらむ。
　志摩くんが相手って、私にはもったいなさすぎるし！

カランコロン、とまたベルが鳴る。
「あ、いらっしゃいま……」
入ってきたその人の顔を見た瞬間、息が止まった。
私の学校とはちがう制服。
ぱっちり二重に、胸もとまでのゆるく巻かれた髪の毛。
かわいいっていうより綺麗な、あの子。
『……好きだよ』
文化祭、図書室で泉と一緒にいた、昔、泉と付き合っていた子。
「……早乙女ちゃん？」
不思議そうな店長の声にハッとする。
こんなところまで私情を持ちこんだらいけない。
「……あの」
「は、はいっ」
「早乙女千紗ちゃん、ですよね？」
……え？　ど、どうして私の名前……。
「奈々」
ふいに聞こえた志摩くんの声。
そういえば、“奈々”って名前だ、この子。
あの日見えた泉のスマホの文字がよみがえる。
それにしても、志摩くんが女の子を呼び捨てにするなんてなんだか新鮮《しんせん》。
……って！　いまはそんなことどうでもいい！
「あ、海斗くん。久しぶりだね」
ニコッと綺麗に笑う奈々ちゃんに、志摩くんはため息をつく。
　それから私のことを見て、「ごめん」って口パクをした。
　あ、だからさっき謝ったんだね……。
「どうしても早乙女さんと話がしたいって言うから。……まぁ、脅《おど》されたんだけど」
「えっ、おど……!?」
「やだな、それは言いすぎ。昔の恥ずかしい写真ばらまくよって言っただけじゃん」
　そ、それを脅しっていうんじゃないかなっ？
　口をパクパクさせてる私を見て、奈々ちゃんはクスッと笑った。
「千紗ちゃんに言っておかなきゃいけないことがあってね」
「……えっ」
　言っておかなきゃいけないこと？
　って、絶対泉のことだよね？
「早乙女ちゃん」
　いつの間にかとなりにいた店長に、ビクリと肩を揺らした。そうだ、私いまバイト中……!!
「す、すみませっ……」
「今日はいつもよりお客さん少ないし？　早乙女ちゃんは疲れてるみたいだし」
「……え？」
　ポカンとする私の頭を、店長はくしゃっとなでた。
「今日はもう上がっちゃいな？」
　駅から離れた、小さなカフェ。

誰が見てもイケメンって言われるほどの店長。
性格までいいって……どういうことっ!?
あれで奥さんいないとか絶対嘘っ。
あんな人、誰も放っておかないでしょっ！
「本当に……イケメンだね、店長さん」
学校の制服に着替えて、４人がけの席に座る。
となりには志摩くん。真正面には奈々ちゃん。
……な、なんかおなか痛くなってきた。
「よし、じゃあさっそく聞いちゃうけど」
パンと手を叩いた奈々ちゃんは、私を見るわけで。
「千紗ちゃんは私のこと、知ってるよね？」
「……は、はい」
志摩くんから聞いてたし、文化祭で泉と一緒にいるところを見た。
「海斗くんから聞いたんだよね？」
コクリとうなずくと、ジトーッと今度は志摩くんのことをにらむ。
「……なに」
「べつに！　余計なことしてくれちゃって、って思ってるだけ！」
顔は美人だけど、性格はかわいらしいんだな。
こういうところに泉は惹《ひ》かれたのかな……。
「コホン、えっと。まぁその通り……中学のときに泉くんと付き合ってた、矢田《やだ》奈々です」
その言葉を聞くと、やっぱりズッシリ胸にくる。

「……早乙女千紗です」
「ふふ、知ってるよ」
　泉くんから聞いてたから、なんてそう続けた奈々ちゃん。
　……泉から？
「ねぇ、千紗ちゃん。千紗ちゃんは、泉くんのこと最低だって思う？」
　ど……どうしてそんな質問？
　じっとまっすぐに私を見る奈々ちゃんとは目を合わせられなくて、膝の上に置いている両手を見ながらうなずいた。
「……思います」
　泉に告白された奈々ちゃんの前でこんなことを言うのは失礼なんだろうけど。
　……でも、本当に最低だって、思うんだ。
　泉から私のことを聞いてたってことは、きっと、私があいつに告白したことも知ってるはず。
「……あんなに、人のこと振りまわして、好きにさせて期待させて」
　それでも、……結局、この片想いは実ることもなかった。
「しかも、いろんな子に手出すしっ、簡単にキスとかハグとかしちゃうし！　ほんと、最低……！」
　思ってることを全部吐き出してから、ハッとする。
　奈々ちゃんの前で、いくらなんでも言いすぎ……！
　おそるおそる顔を上げる。
　……絶対、怒られる……よね？
「……ぷっ、あははっ、ほんと、その通り！」

「っえ……」
　えぇっ!?　そんなに笑うところだった？
　そんなにおかしかった!?
　バッと志摩くんを見ると、疲れたように首を振るだけ。
　どういうこと……っ？
　奈々ちゃんは、おなかを抱えて笑ってる。
　笑ったらえくぼができてかわいい……なんて、こんなこと考えてる場合じゃないんだった。
「はーあ、おなか痛い！」
「えっと……」
「ふふ……あのね、私も、泉くんのそういうところが嫌だった。……私と付き合ったのもただの暇つぶしだったんだよ」
「なっ」
　なに言って……！　そんなことあるはずないっ。
　だって泉は！　泉は、ピアスをつけてた。
　奈々ちゃんとおそろいで買ったものを、まだつけてるんだよ？
　女遊びもしなくなったし。
　それだけ奈々ちゃんを大事にしてるってことでしょう？
「……文化祭で私聞いちゃったんです。泉が奈々ちゃんに『好き』って言ってるところ」
　ピアスの意味も知ってる。
　もう、いまさら隠さなくたっていいのに。
「……私、正直まだ泉のこと好きです。どうして嫌いになれないんだろう、ってぐらい、好き……」

でも、そんな泉は奈々ちゃんのことが好きだから。
「……泉から離れないであげてください……」
ポロポロ、泣きたくもないのに涙が出てくる。
星川さんも、こういう気持ちだったのかな？
だとしたら、こんなにつらいことってないよ。
「……千紗ちゃんは、泉くんのことすごい好きなんだね」
「……好きです」
泣いてる私を見て、クスッと小さく笑う。
「うん。だから、泉くんは変わったんだよ」
……え？
「まっすぐに泉くんに気持ちを伝え続けたから。千紗ちゃんが、泉くんを変えたんだよ」
「い、言ってる意味が……」
渡してくれたハンカチをそっと手に取る。
「泉くん、好きな人がいるんだって」
「だからそれは！」
「バカだなぁ、私じゃないよ？　私は本当にただの暇つぶしだったの。聞いたことあるんだから！　泉くん本人に」
「……でも、じゃあ誰？」
奈々ちゃんじゃなくても、好きな人がいることに変わりはない。
それはそれでつらいなぁ……。
「私、それ聞いたときにどうせまた遊びなんでしょって腹立っちゃって。だから直接会って聞いたんだよ。本当にその子のこと好きなの？って」

　文化祭、本校舎から離れた図書室。
　泉は言ってた。
『……好きだよ』
『本気で、好き』
　すると、奈々ちゃんはあの日の会話について話しだした。
「こんな俺のことを好きでいてくれるその子にちゃんと応えたい。本気で好きになったから、女子たちと遊び半分で関わるのもやめる。ぜんぶサッパリ終わってから、俺から好きだって言うんだ、って」
　……泉が？　そんなこと……。
「……いつも強気なくせにたまに素直になるところがかわいい」
「えっ」
「こんな俺に、好きってバカみたいに言ってくれる」
「…………」
「……大事にしたい」
　次々と、言葉が染みこんでくる。
「あぁ、あと、こんなことも言ってたな。ギュッて抱きしめるのは、あの子じゃないとダメって」
「っな……」
　……なんなの。
「こういうの、言葉にしなくちゃ伝わらないのにね？」
　泉くんは見かけによらずアホだなぁ、なんてそう言った奈々ちゃんは、優しく私に向かって微笑んだ。
「ふたりがすれちがう前に、言っておきたかったの」

「……っ」
「ち、な、み、に！　私はもうあのピアスは捨てたから！　泉くんがまだつけてるのは、私がおまじないをかけたから。……なんて、こんなことはどうでもよくって！」
　ぶんぶんと首を振る。
「ねぇ、千紗ちゃん。ここまで言ったらもうわかるよね？」
「……え？」
「いま思ってること全部、すぐに泉くんに伝えなきゃ」
　勢いよく立ちあがって、私の腕をつかむ奈々ちゃん。
　まだ、頭の中がうまく整理できてないのに……っ！
「それに今日は、泉は学校休んでて……」
「それなら大丈夫！　ねっ、海斗くん」
　名前を呼ばれてハッとする志摩くん。
　考えごと、してたのかな？
「……先生が電話で呼び出してた。サボったやつ用の課題渡すために」
　じゃあ泉は、学校にいるかもしれないってこと……？
「時間がないよっ！　早く行かなきゃ！」
「う、うんっ」
　奈々ちゃんに急かされて、私も立ちあがる。
　――パシッ。
　走りだそうと一歩踏《ふ》み出したとき、
「……志摩くん？」
　なぜか志摩くんに腕をつかまれた。
　いつもは見せないような、少し焦った顔。

なにか言いたそうだけど……。
「……行くのか？」
小さな声でそう聞く志摩くん。
「うん……行かなきゃ」
ギュッと、一瞬だけ強まった力。それからゆっくりと私の腕から手を離す。
「……あっそ」
「……海斗くん、そういうことなんだね」
志摩くんの様子を見ていた奈々ちゃんが、いたずらっぽく、ふふっと笑った。
「うるさいな、奈々は黙ってろ」
キッと軽く奈々ちゃんをにらんだ志摩くんは、力強く私の背中を押す。
「走って転んじまえ」
「……気をつけるよ。ありがとう」
ふたりのやり取りがよくわからなかったけど、とにかくいまは急がなきゃ。
私は、学校めがけて走りだした。

▽うんと甘い精いっぱいのコクハク

学校の最寄り駅に着いた私は、ノンストップでまた走りだす。

こんなときに思うよね。運動が得意でよかったっ……！

商店街を抜けて、橋を渡って、ほら、もう学校が見えてきた。

「……っ、はぁ」

ゼーハー言いながら泉の靴箱を見ると、上履きがない。

……ってことは、学校に、いる。

入れちがいになる前に見つけなきゃっ。

「……泉っ」

階段を駆《か》けあがって、教室の扉を勢いよく開けるけど、誰もいない。

絶対学校にいるはずなのに……。

教室にいないとしたら、じゃあ……。

頭の中に思いうかんだ場所は、ひとつしかなかった。

『ほんと、俺のこと嫌いだよね』

あの場所で、そう言われたことを思い出す。

……うん。

あんたみたいなタイプ、正直苦手だったよ。

絶対、仲よくなりたくないなって、思ったよ。

でも！

あんたが、陸と別れたばかりの私のことを気づかったり、誰よりも早く私がケガしたってことに気づいたり。
『おいで、千紗』
……私の名前を呼んだり。
「っはぁ、着いた……」
目の前にある保健室の扉。
ここにいなかったら、もうあんたがいる場所なんてわかんない。
扉に手をかけ、ギュッと目をつむった。
……ねぇ、いつの間にかあんたのこと、好きになってたんだよ。
──ガラッ。
扉を開けると、ツンと独特なにおいがした。
ゆっくりと中に入る。
１番窓側のベッド、その脇にある椅子。
「……泉？」
窓枠に腕を組んで顔をうずめてる、ひとりの男子。
名前を呼んでも反応しない。
でも、絶対泉だよ？
あのふわふわの髪の毛にこのにおい。
まちがいないよ。
「……あ」
ベッドの上でキラッと光る粒《つぶ》。
私、あれ見覚えあるよ。
だって……いつも泉の右耳についてた。
「……もうそれ、いらねーから」

「っえ」
　突然聞こえた声の方を向くと、泉が顔をずらして、私を見上げている。
「『自分がどれだけ最低なやつか、そのピアス見るたびに思い出しなよ』……って、奈々に言われてたんだけど」
　奈々ちゃんが言ってたおまじないって、このことだったのね。
「……たしかに、あんたって最低だもんね」
「もー……わかってるよ。ヘコむから言うなって」
　眉を寄せて、口をとがらせて、ムッとしている。……ちょっとかわいい、なんて。
「ていうか、奈々のこと言ったってわかんないかー」
「わかるよ」
　いまさっきまで一緒にいたんだよ。それで、全部聞いちゃった。
「ちょっと待って」
「なに？」
「なに、じゃないだろ。なんで知ってるわけ？」
　目を丸くしてガバッと起きあがる泉に、少しだけ笑ってしまった。
「……バイト先まで奈々ちゃんが会いに来たの」
「な、にそれ最悪すぎ……」
「心配して来てくれたんだよ」
「あー……志摩に頼んだんだ、絶対そうだ」
　あいつ……なんてブツブツ言ってる。

「……もう全部知ってるんでしょ、千紗は」
　奈々ちゃんとのこと、私のために泉がいままでしてきたこと、泉の好きな人のこと。
　うんって言ったら「はぁー」っていう大きなため息。
「……ピアス外したんだね」
　これって、いままで遊んできた女の子たちとの関わりがなくなったってこと。そうでしょ？
「ん……まぁ、１番欲しかった子には、もう愛想尽《つ》かされちゃってるんだけど」
　本当最悪、って自嘲《じちょう》気味に笑うから、ぶんぶんって私は首を振った。
「……ごめんね」
「……ふは、なんで千紗が謝んの？」
「ずっと、誤解してたの」
　泉がずっと女の子たちと会ってたのは、私の告白には応えられないってことだと思ってた。
　その女の子たちと絡まなくなったのも、奈々ちゃんとうまくいってるからだって。
「私……勝手に自己完結してた」
　店長と陸の言ってた通りだ。
　もっとちゃんと話してたら、こんな誤解だって生まれなかったはずなのに。
「好きって言ったくせに、泉を信じようとしなかった……」
　私のほうが自分勝手で、自己中で、最低だ。
　こんな私に、好きだって言う権利、もうないかもしれない。……でももし、言わせてくれるなら。
「……あんたにもう一回、好きって言いたい……っ」
　そう言った瞬間、グイッと腕を引っぱられた。
　ふわりと香る、石けんみたいないいにおい。
「……バカだな、なにも悪くないのに」
　どうして謝るんだよ。って、困ったように泉が笑った気がした。
「なにも言わなくても平気だって思ってた俺が、悪いに決まってんじゃん」
　ギュッと抱きしめながら、そうつぶやく。
「……不安にさせて、ごめん」
「っうん」
「いっぱい泣かせてごめん」
「……っ、べつに泣いてない……」
「バカ、嘘つくならもっとマシな嘘つけよ」
　クスクス笑うその笑い声が、なんだかなつかしい。
　力強く抱きしめ直して、私の名前を呼ぶ。
　「千紗」って。
　……うん、なに？
「……強気なくせにたまに素直になるところがたまんない」
「っ、え？」
「俺に好きって言ってくれるときの顔、かわいい」
「ちょっ……！」
　きゅ、急になに言って……!?
　視線を上げると、これでもかってぐらいに泉が優しい目をして私を見てるから、言葉につまる……。
「泣いてるとこ見ると、守ってあげたくなる」
「……っもういいって！」
「ギュッて抱きしめるなら、千紗がいい」
　いま、絶対私の顔はリンゴみたいに真っ赤だ。
　久しぶりにこんなに恥ずかしくなったよ……。
「……これが本当の好きって気持ちじゃなかったら、俺にはもうどれが本物なのかわかんない」
　息が、一瞬止まった。
「返事、待たせてごめん」
「な……っ」
　ふわりと綺麗に微笑んで、耳もとに口を寄せる。
「好きだよ、千紗」
　目を、見開く。
　じわじわたまっていく涙をぐっとこらえて、コクリとうなずいた。
「……好き、泉……っ」
　背中に腕をまわして泉にしがみつく。
「……これ、本人に言われると破《は》壊力《かいりょく》ハンパないね」
「っえ？」
「はい、いまこっち見るの禁止」
　自分の胸に私の顔を押しつける泉。
　い、痛い……ていうかなんで!?
「ど、どうしてっ！」
「えー？　嘘でしょ、察してよ」

って、千紗にはわかんないか、なんて言う。

失礼だなぁ……もう。

「……史上最強に照れてるから、いま」

「えっ、見たい」

「だーめ。だらしないから」

とか言ってるけど、無駄なんだから。

胸に近づけば、ドキドキいってるの聞こえてくるんだよ。

泉も意識してくれてるって考えると、ニヤけてしまう。

少しして、私からゆっくり離れる泉。

「……千紗のこと抱きしめんの久しぶり」

「え？　……あ、そうかも……」

たしかにずっと、抱きしめられてない。

「……足りないなぁ」

離れたらなんだか名残惜《なごりお》しいっていうか……。

ていうか、どうして泉はそんなにニヤニヤしてるの？

「ずいぶん積極的になったんだね？」

「……はい？」

ど、どうして急にそんなこと……。

「足りないなぁ、って、欲張りすぎ」

「っな!!」

たしかに！　そう言ったけど！

でもそれは本当に無意識でっ……。

って、あれ？　無意識のほうがやばいんじゃあ……。

「ふ、かわいい」

真っ赤になる私を見てクスクスと笑う。

またそんな簡単に言うんだから。

……ムカつく。

「ほら」

両手を広げて、首を傾ける。

「おいで、千紗」

久しぶりのその言葉に、私は迷わず泉の腕に飛びこんだ。

Chapter. V

△わたしのカレシ

「顔がうざい。オーラが面倒くさい。いろいろ腹立つ」
「ええっ、そんなに顔に出てる？」
「出てる。だらしねー」
悪口ばっかりだけど、でもこれはしょうがないじゃん。
「志摩くんしょーがないよ、だってやっと付き合えることになったんだから！」
「わっ、麻美！」
いきなり抱きつかれたからビックリしたじゃん、もう。
でも、麻美の言う通りなんだな、これが。
休み時間の教室。
泉とちゃんと両想いになってから数日。
“あの”泉に彼女ができたって、最近の学校内でのネタはこればっかり。
「本当によかったよ、これでもすっごく心配したんだからね！」
「うん、わかってるよ！　いろいろありがとうね」
授業のあとの黒板を消すのは日直の私の仕事だけど、高いところを消せずにいたら志摩くんが手伝ってくれた。毒づきながらだけど。
黒板消しをクリーナーにかけながら、麻美に向かってふふっと笑った。
「志摩くんも！　奈々ちゃんに会わせてくれてありがとう」

あのあと、志摩くんのスマホで『うまくいった』って伝えたら、奈々ちゃんもすごく喜んでくれた。

「……べつに」

プイッとそっぽを向いてしまう。

……どうしたんだろう？

「ははーん？　さては志摩くん、千紗にかまってもらえなくなるのが悲しいんでしょ」

「なっ、はぁ……!?」

「え！　そうなの？」

あの志摩くんが！　そこまで私になついてくれてたなんて知らなかったよ！

「バカ、んなわけねーじゃん……むしろせいせいしてるっつーの！」

振りまわされてばっかで疲れた！　……って、それ悪口。

「……んっとに、志摩は素直じゃないねー」

「あ」

クスクス笑いながら教室に入ってきたけど……遅刻してるっていう自覚あるのかな？

もう次で最後の授業なんだけど？

「千紗、おはよー」

ニッコリと笑った泉。

絶対、もう、口に出しては言わないけど。

やっぱりかっこいいなって思っちゃう。

「……麻美と志摩くんにも！　あいさつ！」

「はぁい。ふたりともおはよー」

　ていうか、もうおはようじゃないし！　お昼過ぎたし！
「……チッ」
　小さく聞こえたこの舌打ち……絶対志摩くん……。
　本当にもう、泉と仲悪すぎだよ。
「あ、悪いけど、悲しんだって千紗はもう俺のだから」
「んなっ!?」
「ごめんね」
　ここ、こいつっ！
　学校来て早々なんていうことを！
　教卓に頬づえをついてニコニコ笑ってる泉。
「はぁー……」
　盛大なため息をつく志摩くん。
「ベタ惚《ぼ》れね……」
　ちょっと引いてる麻美。
　……これ、私のほうが恥ずかしいんだけど!?
「……こんな面倒くさいの相手にするの大変だろうから」
「え？」
　自分の席に戻ろうとする志摩くんは、横目で私のことを見た。
「嫌になったらいつでも俺んとこ来なよ」
　表情変わらず。ただ、顔色がほんのり赤い。
　……えっ、と……？
「ははは一、千紗は絶対そんなこと思わないし？　だから志摩んとこ行くこともないから変な期待はしないほうがいいと思うけどなー？」

……引きつってるよ、泉の笑顔。それに少し苦笑い。
「心配してくれてありがと。でも大丈夫だよ」
「……言うと思った」
フッと小さく笑った志摩くん。
麻美が「え？　え？」って動揺してる。
なんでもないよ！って言ったらぷくっとほっぺふくらませちゃって……かわいいなぁ、もう！
「……ていうか、どうしてそんなに私のこと見てるの」
泉、そんなにじっと見られるとちょっと恥ずかしいよ？
「いま、すっごい千紗のこと抱きしめたいなーって」
「はい……!?」
またこいつは……ここ教室だよ？
ちょいちょい、って手招きをする泉に、仕方なく近づく。
「さっきの、俺のことちゃんと好きでいてくれるんだなーって」
「なっ」
「うれしい」
耳もとで小さくそう言われたら、そりゃ、顔も熱くなってしまうわけで。
「真っ赤ー」って、おかしそうに笑ってるけど……あんたのせいだからね？
「今日、一緒に帰ろ」
ポンッと、頭の上に手をのせて顔をのぞきこまれる。
「……帰る」
「うれしい」

本当に……うれしそうに笑うんだから。

調子狂うっていうか……。

「溺愛《できあい》されてんね、千紗」

「二、ニヤニヤするのやめてよっ」

「どーして女子ってあんなすぐ叩くんだろうね」

「……泉の行いが悪かったからだよ」

自業自得、なんて言うと苦笑いをする。

「反省してる。あんな痛い思いすんのやだ」

そんなことを言いながら、私にもたれかかってくる泉。

放課後の教室。

話してたのは、泉のいままでの女遊びについて。

もう少し教室でまったりしてから帰ろうってなったんだけど……。

『千紗、そこ座って』って言うから、泉の机の上に座って、そしたらこうやって脇腹に頭押しつけるんだもん。

誰かに見られたらどうしよう……。

「んー、いいにおい」

「あのねぇ……」

ため息をつくと、泉の首筋に、引っかかれたような傷を見つけた。

ん……？　猫とか飼ってたっけ？

「首のこれ、どうしたの？」

「え？」

首を傾ける泉だけど、すぐに「あー」って納得顔。

「まぁ、ね。うん。さっきも言ったけど女の子は意外と暴力的というかなんというか」
「もう遊びで付き合うのはやめるって言ったら引っかかれたってことね」
　この、元最低男。
　そうつぶやくと彼は困ったように笑った。
「……ありがとう」
「え？」
「痛い思いも、大変な思いもして」
　まぁ、自業自得ってやつなんだけど、それでも。
「私のためにそこまでしてくれて、うれしい」
　早く治るといいんだけど……。
　って、どうしてそんなにニヤニヤしてるの？
「本当に……素直になるとかわいいね？」
「へっ」
「いつもかわいいけど２割増しでかわいい」
　ギュッと下から抱きついてくる泉に、どうしていいかわからず口をパクパクさせる。
　そっ、そういうことは思ってても言わないでほしいっていうか！
　照れるっていうか……！
「心配しなくても、俺が好きなのはもう千紗だけだから」
「い、泉っ」
「もうやめてっていうぐらい、いっぱい愛してあげるよ」
　ボンっ、と顔が熱くなる。

よくそんなこと恥ずかしがらずに言えるねっ？

……って、ちょっと待って、待って。

どうして泉の手が、私のスカートの下から入ってきてるのかな？

どうして顔を近づけてくるのかな？

その怖すぎる綺麗な笑顔はなにっ!?

「……このっ」

こいつっ、学校で、しかも教室で！

いったいなにしようとしてるわけ!?

「っ、離せ！　この変態っ!!」

学校一のモテ男が、私の彼氏になった。

……もうプレイボーイは卒業したらしい。

本人いわくだけど。

▽聖なる日のプレゼント

「うわーっ……かわいい！」
「……女の子ってさぁ」
「こーいうの好きだよな……」
　泉と付き合い始めてから２ヶ月。
　学校も冬休みに入って……そして！
　クリスマスの今日は、なんと！
「早乙女先輩！　このスノードーム綺麗ですよっ」
「本当だー！　でもでも、このサンタの置物もかわいいよねっ」
　私と泉、星川さんと陸で、ダブルデートをしてる。
　そう、“ダブルデート”！
　有名なクリスマスフェスティバルに来た私たち。
　まぁ主に私と星川さんは、並んである雑貨から目が離せないでいる。
「陸にプレゼントしてもらいなよっ」
　ニヤッと笑うと「えっ」ってあたふたするから、かわいくてしょうがないよ。
「もうっ、先輩こそプレゼントしてもらえばいいじゃないですか！」
「いやいや」
　星川さんよく見て？　私たちの後ろにいる泉を！
　とくに興味なさそうじゃん！　こういう行事っ。

……寒そうにマフラーに顔をうずめてるのはかわいいんだけどさ？　あ、あと初めて見た私服もよく似合っててかっこいいけど？

「先輩、あれは興味ないとかそういうのじゃないですよ、絶対」

「え？　そうなの？」

「ここは私にまかせてください！」

「えっ、あ、ちょっ……！」

り、陸のとこ行っちゃった……。

もう、どういうこと？

──トントン。

誰かに肩を叩かれる。

──ぷにっ。

振りむいた瞬間、ほっぺを突かれるわけで。

……これに引っかかるの、もう何回目だろう。

「泉っ！」

少し怒ったように言うと、クスクス笑う。

「俺のこと放っといた仕返し」

「えっ」

んべっ、て舌を出した泉。

ちょっと退屈そうにしてたのは、私がずっと星川さんといたから？

えっ、そういうことなの？

でも、それって……。

「この手離したら罰ゲームね」

「あっ、いつの間に……！」

つながった手を見て、プハッと笑ってしまった。

意外と泉もヤキモチやきだなぁ、なんて。

「ちなみに罰ゲームって？」

「んー……公開キスとか？」

「ん？」

「軽いのじゃないよ、これでもかってぐらいの深いやつ」

ニコッて笑ってるけど……脳内ピンク野郎だ、相変わらず。絶対離さない。……ていうか離せないっつーの！

「あ、あれかわいい」

前を歩く陸と星川さんについていきながら見つけたのは、薄ピンク色をした雪の結晶《けっしょう》のネックレス。

シンプルだけど、すっごく綺麗。

「千紗？」

思わず立ちどまっちゃったけど……ダメだ。

値段、高すぎるよー……。

「買わないの？」

「えっ！」

ネックレスを見てしかめっ面の私を見て、クスクス笑いながらそう聞く。

かっこいいけど……な、なんかムカつくっ。

「欲しい……けど、予算オーバーだし……あきらめる」

そう言うと、「ふーん？」って。

「あ、星川さんたち呼んでる！　行こっ」

もうあんな遠くにいるしっ。

グイッと泉を引っぱって陸と星川さんのところへ。

『実は俺も星川と付き合うことになって……』

陸に泉とのことを伝える前は、まさかこんなことを言われるなんて思ってなかったから、すごくビックリしたっけ。

ふふん、なんだかいい気分！

……ってあれ？　泉、なに見てるの？

横を向いてなにかを目で追ってるみたい。

「ハッ……」

あわてて私も泉が見ている方向に視線を移す。

だって今日はクリスマス。

プレゼントとか、渡したいじゃない？

事前に買っとこうと思ってたんだけど、泉の好みとかわからなかったから……。

ここで売ってる雑貨とか、欲しそうなやつを見つけなきゃいけないんだ！

……け、ど。

「……腕時計、ほしいの？」

「ん、ちょっといいなーって思ってるぐらい」

腕時計って……これはまた高そうなものを。

かわいいと思ったネックレス我慢しても、ギリギリ足りるか足りないかぐらいだよ。

「……ま、俺も我慢しなきゃ」

「え？」

「んーん、なんでも」

ニコッと笑って人混みの中を歩いていく。

　欲しそう、だったなぁ……。

『ちーさ、おはよ』

『ふーん……教科書忘れたんだ？　俺の使う？』

『なんか最近千紗が好きすぎてツラい』

　泉は、付き合ってからこれでもかってぐらい、私のことを大事にしてくれてる。

　それに比べて私は……。

『なっ、なに言ってんの？　バカッ』

　恥ずかしくてかわいくないことばっかり言っちゃって。

　……うん、買おう。それで泉を喜ばそう！

　いつもありがとうって意味も込めてね。

　これで買わなかったら、なんのためにバイトしてたんだって話だもん。

　お金はまた貯めればいいし！

「もうひと通りまわったよな？　んじゃあ、そろそろ行くか」

「スーパーにも寄らないといけないですもんねっ」

　クリスマスフェスティバルで楽しんだあとは、泉の家で鍋《なべ》パーティーをする予定。

　泉の両親は海外赴任《ふにん》をしているらしくて、泉は高校に入学してからずっとひとり暮らし。

　大変じゃないのかな？って思うけど、本人は満喫《まんきつ》してるみたい。

　……スーパーに行こうとしているいま！

　買いに行くならこのタイミングしかないっ！

「ご、ごめん！　私ちょっとトイレ！」
　ここで待ってて！って、両手を合わせてみんなに頼んでから猛ダッシュ。
　買うだけならそんなに時間はかからないはず！
　５分ぐらいで戻って……泉の家で渡そう。
　ジャジャーン！ってね。
「……うっ」
　腕時計が並んであるさっきのお店、パパッと買い物済ませてみんなのところに戻るだけ、なのに。
　種類ありすぎだって……。
　これ、なにがどうちがうの？　機能？
　ま、迷う……どうしよう。みんなを待たすわけにもいかないのに……。
『好きな色？　……んー、黒？』
　思いうかんだ泉の言葉にハッとする。
　ベルトは黒い革製がいいな。
　時計は四角じゃなくて、丸がいい！……個人的に。
　あとは、泉のイメージで……。
「すみませんっ！　これ！　買います！」
　喜んでくれるといいなぁ。
　プレゼント用に包んでもらった箱を見て、ニンマリと笑う。……って、こんなことしてる場合じゃない！
　早く戻らなきゃっ。

「千紗」

「あっ」

前から手を振りながら歩いてくる泉。

無意識に笑顔になっちゃう。私の好きな人だから。

「なかなか戻ってこないから迎《むか》えに来ちゃったー」

なんでニヤニヤしてんの？って、続けた泉にへへッと笑ってみせる。

「内緒《ないしょ》！」

だけど泉もなぜか上機嫌。

なにかあったのかな？

「なに、告白は星川さんからなの？　陸くんヘタレだね」

「なっ、俺だってちゃんと言ったし！」

「へー？　なんて？」

「だから！　星川にす……っおい！　藤堂お前わざとだろっ！」

クリスマスフェスティバルからスーパーに食料調達に行って、電車に乗って泉の家に。

とてつもなく豪華《ごうか》な高層マンションに、３人で目を丸くした。

リビングでお鍋を囲んで４人でおしゃべり。

これがビックリするほど楽しくてしょうがない。

陸と星川さんの部活の話とか、私が最近見つけたおもしろい映画の話とか！

「ぷっ、顔真っ赤にしちゃって陸くんかわいいね。愛されてんね、星川さん」

「えっ？　あ、そ、そそ、そうですか……？」
　まぁ、泉はふたりをからかっておもしろがってるんだけどね。
「じゃあお前っ！　藤堂はどーなんだよ？」
　リンゴみたいに顔を赤くしている陸。
　あ、ジュース空になっちゃった……。
「どうって？　なに？」
　新しい缶《かん》ジュースを手に持ってプシュッと開ける。
「決まってんじゃん、ちーのこと！」
「ぶっ！」
「うわ、大丈夫ですか？」なんて言ってハンカチを渡してくれる星川さん。……優しい、けど、その彼氏はちょっとおかしいよ？
「り、陸っ！　あんたなに聞いて……！」
　おかげでジュースこぼしちゃったし！
「とか言って、ちーだって気になるくせに」
　ニヤニヤしてそう言うから、腹立つ……っ。
「で？　どうなんだよ？」
「好きだけど」
「んぐっ……」
　あ、危ない。またふき出すところだった……。
　……そんなことより、バッととなりに座ってる泉を見る。
「えー、なんでそんな怖い顔？」
　クスクス笑う泉をにらむ。
　そんなこと、わざわざこんなところで言わなくても。ま、まぁ？　すごくうれしいんだけどさぁっ。
「ほら、こーいうこと言うとすぐ照れんの」
「本当だ……先輩顔赤いですよ？」
　大丈夫ですか？って、うん、ありがとう。
　心配してくれて。
　でもいまは恥ずかしいからやめてっ！
「あと意外と寂しがり屋で、涙もろくて」
　も、もう知らない！　こうなったら聞き流してやる。
　ゴクッとジュースを飲み続ける。
「でも俺に名前呼ばれるとちょっとうれしそうで」
「なんだ、ちーもベタ惚れじゃん」
　陸の言葉にうるさいって言おうとしたけど、……あれ？
　なんだかうまく声にならないっていうか……。
「あ、俺にギュッて抱きしめられんのも好きだよね」
「……っさい」
「そーいうところが好きかなー」
　ゆっくりと、顔を上げた。
「いーずみーっ、うっさいよお！」
「……えー？」
　頭がクラクラする、けど、ふわふわしてていい気分っ！
　ペタッと両手で泉の顔を包みこんだ。
「泉ばっか好きとか言ってるけどー！　あたしだって、泉のことだーいすきなんだからっ！」
　コツン、とおでこをあててキャハッと笑う。
「……陸くん」

「な、なんだよ」
「お酒、買った？」
　あちゃー、って顔をおさえる泉。
　いきなり寝てしまった私にビックリして、オロオロする星川さん。
　私の飲んでた缶にお酒って書かれてあるのを見つけて、ショックを受ける陸。
「お、俺……老け顔なんだな……」
「っちょ、早乙女先輩っ？　無意識に脱《ぬ》ごうとするのやめてっ！」
「……これ、どーすっかな」
　そんな声が遠くのほうで聞こえた。

△1日10分の、ハグ

「……んー……？」
……あ、れ。私、なにしてたんだっけ？
うっすらと目を開けると、見慣れない天井《てんじょう》。
あ、そっか、たしかみんなで泉の家に……。
それで、ジュース飲んでて、そしたらなんだか眠くなって……。
ハッとしてまわりを見渡す。
なんで星川さんも陸もいないんだろう？
あわてて時計を見ると、もう夜の９時過ぎ。
ちょ、ちょっと待って……寝すぎだから、私……。
「ふたりとも帰った……てこと、だよね？」
うわぁ、なにやってんの私！　ここは泉の家なのに！
……そういえば泉は？
リビングを出て廊下を歩く。
トイレにもキッチンにもいなかったし、どこ行っちゃったんだろう？
「……もう、最悪……」
人様の家で寝るなんてありえない！って引かれたかもしれない……。
——ガチャ。
「……へっ」
いきなりすぐ横のドアが開いて目を丸くする。

な、なんて……っなんて格好をしてるの、あんたは！
「あ、千紗。起きたんだ？」
「起きたんだ？じゃないよっ！　い、いいいますぐ上の服！着て！」
どうして上半身裸《はだか》なのよ、もう……！
パッと後ろを向いてほっぺたをペチペチ叩く。
落ちつけー……落ちつくのよ、私！
こんなことでいちいち顔赤くしてたら……。
「あー。もしかして男の体に免疫《めんえき》ない？」
「ちょっと！」
ほらね、こうやってからかってくる。
後ろから首に腕をまわして、ピトッとくっついてくる泉。
心臓バクバクいってるし……。
これじゃ私も変態みたいだ。
「ごめんね、俺風呂上がりはいつもこーいうスタイルなの」
見た目は細いのに意外と筋肉ついてるんだな、とか。
そんなこと考えてしまう私。
……邪念《じゃねん》よ、どっかいけ！
「わ、わかったからとりあえず離れて……」
「ふは、照れてる」
「うっさい！」
楽しそうにクスクス笑う彼。
くっ……私も意識しすぎだよ！
「私も早く帰らなきゃ……」
スウェットを着た泉と一緒にリビングに戻る。

はぁ……ここから家に帰るのは面倒だけど、しかたない。

「……こんな時間まで寝ちゃってごめんなさい……」

今日はせっかくのクリスマスなのに。

あ、そうだ、泉にプレゼントを……。

「って、なんでそんな得意げなの？」

「んー？」

ニコニコしちゃって……上機嫌。

「千紗、おいでよ」

ん、と泉はいきなり腕を広げた。

それに首をかしげながらも泉に近づく。

ギュッと私を抱きしめると、ふわりと香る泉のにおい。

「千紗が飲んだのは、お酒だよ」

「……はい？」

「陸くんが、まぁなんか買ってきちゃってて」

「えっ」

「それ飲んで、千紗は酔《よ》っていまのいままで爆睡《ばくすい》。星川さんが起こそうとしても目を覚まさないし、時間はどんどん過ぎていくし。だから、今日は俺の家に泊《と》まることになりました」

いえーい、って楽しそうに言う泉に、ポカンとする。

と、泊まる？　私が？　この家に？

「はぁ？」

「家の人に迎えに来てもらおうと思ったんだけど連絡つかないし」

「……お父さんもお母さんも、温泉旅行に、行ってる……」

「でしょ？　陸くんと星川さんはクリスマスだし？　帰り道くらいふたりっきりにしてあげたかったし。こうするしかなかったんだって」

私から離れてニコッと笑う。

いっ、いやいや、そんな簡単に言われても困る！

「わ、私帰るよ！」

小さい子どもじゃないんだし、ひとりで帰れる！

そうすれば泊まる必要もないでしょう？

「この雪の中？」

「えっ」

窓の外を見ると、これでもかってぐらいの大吹雪《おおふぶき》。

うわぁ、ホワイトクリスマスだー！って、そうじゃない！

「着替えとか、ないし……」

「俺の着れば問題ないでしょ」

「で、でも……」

だ、だって恋人同士が泊まるって……。

そ、そういうことするかもしれないってことでしょ？

……脳内ピンク野郎の泉だもん。

絶対私に手を出す、気がする。

……い、いや、べつにそれが嫌ってわけじゃないけど、でも、心の準備ってものが……。

どうしよう……。

なんて思ったとき、ポンと泉に頭をなでられた。

「心配しなくても、千紗の嫌がることは絶対しないから」

「……え」

「俺だって、この状況はまったくの予想外だし？」
　私と目線を合わせて、優しく笑う。
「……でも俺は、千紗と１日一緒にいられるって考えるとすげーうれしいって思っちゃいます」
　緊張するけど、なんて、そう続けた。
　緊張って、なにそれ……。
「女の子と一緒に夜を過ごすのは初めてじゃないくせに」
「ちょっ……それいま言う？」
　ごめんって、そう言う泉に小さく笑った。
「……わかった」
「え」
「ただし！　私に必要以上に触んないこと！」
「努力しまーす」
　できるかなぁ、って困ったように笑う泉。
　クリスマスだもの。好きな人といつもより長く一緒に過ごしてなにが悪い。

　泉の家に泊まることになったのはいいんだけれど……。
　プレゼント、どのタイミングで渡そう……。
　私の家のよりも大きいお風呂でまったりしたあと、泉のぶかぶかの服を借りて、ポンポンと髪の毛の水滴《すいてき》を拭きながらそう思った。
　もうあとは寝るだけだもんなぁ……。
　早く渡さないとクリスマス終わっちゃうよ。
「泉ー？　お風呂ありがとう」

リビングに戻ってソファで寝転んでる泉にそう言うと。
「はぁー……」
「え？」
……えっと、なにそのあきれたようなため息は？
「千紗、ここ座って」
座り直した泉が指さしたのは、ソファの下。
大人しくそこに座ると、使ってたタオルを取ってぐしゃぐしゃっと髪の毛を乱された。
「ちょっと！　なにすんのっ」
「俺ドライヤー使っていいよって言ったよね？」
なんでまだこんな濡れてんの、って不機嫌そうに言う。
……だって、やっぱり人様の家のものを使うのは抵抗があるっていうか。
髪の毛は自然に乾《かわ》くし……。
「風邪でもひかれたら俺が困るんだけどー？」
ドライヤーを持ってきた泉は、優しい手つきで私の髪を乾かしていく。
ちょっと気持ちいいかも。
「……あと俺、下のズボンも一緒に渡した気がするんだけど」
「え？　あぁ……」
下のは、さすがにぶかぶかすぎてはけなかったんだよ。
「泉の服大きいから下なくても大丈夫かなって」
まぁ、ちょっと肌寒いけど布団の中はきっと暖かいだろうから！

ドライヤーのスイッチを切って「はぁ」とまたため息をつく。

な、なんで？　私なんか変なことした？

「がんばれ俺の理性」

「はぁ？」

言ってる意味がわからないし、あと髪の毛ぐちゃぐちゃにするなっ。

「千紗ちゃーん、頼むからあおるようなことしないでね」

「あのねぇ……」

「嫌がることはしないって言ったけど、なにするかわかんなくなるからさー」

「バカなこと言ってないで早く寝るよ！」

絶対言ってる意味わかってない……なんて、そう続けた泉を無視する。

私はそんなことより、プレゼントのほうが大事なわけで。

よし、もう寝るタイミングで渡すしかない！

「ここ、俺の部屋」

「……泉のにおいがする」

綺麗に片づけられた泉の部屋。

なんか、抱きしめられてるわけじゃないのに、泉に包まれてるみたい……なんて。

「あのベッド使っていいから」

「え？　うん」

「じゃ、俺はリビングで寝るから。おやすみー」

「……え！」

ちょっと待って、一緒に寝るんじゃないの？

あわてて服の裾をつかんで泉を引きとめる。

「……え、なに？」

「……寝ないの？」

「寝るよ？　俺はリビングで」

「じゃなくて！　一緒に！」

だって、じゃないと、渡せないし……。

こっそりスウェットのポケットの中に隠していたプレゼントの箱を、ギュッと握る。

「……えっ」

わかってるよ、自分が恥ずかしいこと言ってるって。

そんなにビックリした顔しなくてもいいじゃん、バカッ。

「もうっ！　これ！　渡したかっただけだからっ！」

強引に泉の手に渡して、プイッとそっぽを向いた。

本当はこんな渡し方じゃなくて、もっとこう……ロマンチックに渡したかったのに！

素直じゃなさすぎだよ、私。

「……うわ、腕時計！　すげー、なんで俺が欲しがってるってわかったの？」

うれしそうな声を出す泉。

うぅ……顔見たいけど、なんだか恥ずかしくて振りむけない。

「べつに……腕時計のほうばっか見てたから！」

後ろを向いたままそう言うと「これ、ものすごくうれしい」って。

「大切にする。ありがと、千紗」
「……うん」
　よかった。喜んでもらえると、私までうれしい。
「……うわっ、な、なに？」
　急に抱きしめられるとビックリするから！
　部屋、暗いから余計ドキドキするしっ。
「動かないで、じっとしてて」
「えっ」
「……はい、できた」
　首につけられたネックレスを見て、目を見開いた。
「これ……」
　雪の結晶のネックレス。
　欲しかったけど、我慢して……。
　バッと振り返って泉を見る。
「な、なんで？」
「だって欲しそうにしてたから」
　クスクス笑いながらそう言った泉。
　いつの間に買ってたの……。
「千紗がトイレ行ってる間にね」
　やっぱ千紗によく似合ってる、って、なにそれ……うれしすぎるよ……。
「ありがとう……私も大切にする」
　好きな人からプレゼントを贈《おく》られることが、こんなにもうれしいなんて初めて知ったよ。
「ふは、感動しすぎ」

ポンポンと頭をなでる泉も、なんだかうれしそうで。
……最高なクリスマスだなぁ、本当に。
「泉」
「ん？」
「……一緒に寝ちゃ、ダメ？」
「は」
ピシッと泉が固まる。
……だって、しょうがないじゃん。
今日はくっついてたいって思っちゃったんだもん。
「……泉と離れたくない」
「ちょっと待って、どこでそんな言葉覚えてきたの」
「……思ってること言っただけ」
チラッと泉を見ると、パチッと目が合った。
「ダメ？」
「……っあのさぁ」
目をそらしてため息をつく。
「……千紗の嫌がることはしたくないんだけど、俺」
「……うん」
「一緒のベッドで寝て、なにもしないほど優しくないよ」
この意味、ちゃんとわかってる？
その言葉にコクリとうなずくと、泉は私の手をとってベッドにゆっくりと押したおした。
「……っ」
「……ねぇ、泣いたってやめないよ」
手のひらを重ねて、ギュッと握りしめる。

いいの？って泉の瞳《ひとみ》が言ってる。

「……なにされても嫌だって思わないよ」

「…………」

「泉だったら、いい……」

雰囲気に流されやすいのかな、私って。

でも、いいじゃない。

だって、ものすごく好きだって思っちゃったんだもん。

……べつにいいじゃない。

「……あおるなって、言ったのに」

そんな言葉が聞こえた瞬間、泉と唇が重なった。

「……っ、ん」

何度も何度も、角度を変えて落とされるそれに、心臓がドクドクいって、頭はボーッとして。

「……っ、口開けて」

「……いず……っ……」

いままでしたことがない大人なキスに、私は泉の名前を呼ぶのもやっとで。

それから、スッと泉の手が足に伸びた。

「っ、ぅ……」

首筋にキスを落とされる。

「泉、っ好き……」

無意識に口をついて出ていた言葉に、泉の動きがピタッと止まった。

「……ん」

いきなり私のことを抱きしめた泉を見る。

「……俺も、好き」
「えっ」
はぁ、と息を吐いておでこをコツンとあててくるわけで。
「……千紗の純粋《じゅんすい》さには敵わない」
「へ……」
「……焦ってすることでもないし」
そう言って、また強く抱きしめ直す。
く、苦しいよ……！
「……はぁ、好き。どうしようってぐらい好き」
「なっ……」
い、いきなり甘くなりすぎだから……！
それに好きって……、そんなの私だって同じだもん。
「……この先泉以外の人、好きになれなそう……。好きになるつもりなんてこれっぽっちもないけど……」
「もーなにそれ……急にかわいいこと言うのやめてくれる」
ムスッとした顔の泉は、また私に軽くキスをした。
「それに、誰にも触らせないし渡さないけど。……千紗は俺のだってもっと自覚してよ」
……甘い。
泉はとことん、甘い。
「あー……好きー……」
私のとなりであお向けに寝転がっている泉。
片腕で顔を隠してるから、どんな表情をしているのかわからない。
「なんでこんな好きになっちゃったんだろう」

……それはこっちのセリフ。

最初は苦手なタイプだったのに。

本当、いつの間にか好きになっていた。

……私に優しくした泉が悪い。

泉の服の裾をキュッとつかむと、それに気づいた彼はクスッと笑みを浮かべた。

「俺のこと好き？」

「…………」

「おーい、千紗ちゃーん」

その声も、石けんみたいなにおいも、ふわふわしている髪の毛も、笑った顔も、私を甘やかすところも、優しいところも……全部。

顔を上げて泉を見る。

「……ギュッてして」

それを聞いた泉は一瞬目を見開いて、それからクスクス笑った。

「それ、ビックリするほどかわいい」

「……うるさい」

……全部、大好きなんだよ、泉。

「おいで、千紗」

両手を広げて、私の名前を呼ぶ。

その顔はどこかうれしそうで。

「千紗って、抱きしめられるの好きでしょ」

ギュッと、優しく抱きしめてくれる泉。

……うん、私抱きしめられるの好き。

でもそれは、

「……泉だからだよ」

私じゃないとダメって、あんたが言ってたみたいに、私も泉じゃないとダメみたい。

１日10分のハグじゃ収まらないぐらいだよ。

「……好きだよ、泉」

背中に腕をまわして、私も抱きしめ返す。

「……やっぱり、もっとキスしていい？　ていうかしたいんだけど」

さっきのでもいっぱいいっぱいなのに、もっとって言われても……。

「あ、あとでね……」

「ムリ、我慢できない」

泉は腕をほどいて少し距離を取ると、まっすぐにこちらを見つめてもう一度両手を広げる。そして、私の名前を呼んだ。

「おいで、千紗」

その言葉はもう、私だけのものだ。

＊END＊

あとがき

☆ afterword

　こんにちは。はじめまして、Ena.です。

　このたびは『１日10分、俺とハグをしよう』を手に取ってくださり、ありがとうございます！

　私は読者の皆様を楽しませられるような小説を書くことを目標にしております！
　とにかくドキドキさせたい！胸キュンさせたい！という思いで書き始めたのがこの作品です。
　強気な性格の千紗に、チャラ男の藤堂。
　ハグ友から始まったこのふたりの物語はいかがでしたか？　ふたりのやり取りにクスッと笑ったり、じれったさを感じたり、ドキドキしたり、そんなふうに読んでいただけたのならうれしいです。

　現実はこの作品のように甘いものではないと思うのですが、片想いをしている方や、恋したいなぁと感じている方などの背中を押すことができたらいいなと思っています。

　これからも、たくさんの人を楽しませられるような小説を作り出せるようにがんばります！

最後になりましたが、文庫化という機会をいただけて本当にうれしいです。

読者の皆様はもちろんですが、わからないことだらけの私を優しく支えてくださった担当の本間様、スターツ出版様、この作品に携わってくださった方々、本当にありがとうございました。

2018.03.25

Ena.

この物語はフィクションです。
実在の人物、団体等とは一切関係がありません。
物語の中に、法に反する事柄の記述がありますが、
このような行為を行ってはいけません。

Ena. 先生への
ファンレターのあて先

〒104-0031
東京都中央区京橋1-3-1
八重洲口大栄ビル7F
スターツ出版（株）書籍編集部 気付
Ena. 先生

KEITAI SHOUSETSU BUNKO
野いちご SINCE 2009

1日10分、俺とハグをしよう

2018年3月25日　初版第1刷発行

著　者　Ena.

発行人　松島滋

デザイン　カバー　金子歩未
フォーマット　黒門ビリー＆フラミンゴスタジオ

ＤＴＰ　朝日メディアインターナショナル株式会社

編　集　本間理央
八角明香

発行所　スターツ出版株式会社
〒104-0031 東京都中央区京橋1-3-1　八重洲口大栄ビル7F
TEL 販売部03-6202-0386 (ご注文等に関するお問い合わせ)
http://starts-pub.jp/

印刷所　共同印刷株式会社

Printed in Japan

ISBN 978-4-8137-0423-2　C0193

ケータイ小説文庫　2018年3月発売

『キミを好きになんて、なるはずない。』天瀬《あませ》ふゆ・著

イケメンな俺様・都生に秘密を握られ、「彼女になれ」と命令された高1の未希。言われるがまま都生と付き合う未希だけど、実は都生の友人で同じクラスの朔に想いを寄せていた。ところが、次第に都生に惹かれていく未希。そんなある日、朔が動き出し…。3人の恋の行方にドキドキが止まらない！

ISBN978-4-8137-0424-9
定価：本体590円＋税

ピンクレーベル

『夏色の約束。』逢優《あゆ》・著

幼なじみの碧に片想いをしている菜摘。思い切って告白するが、碧の心臓病を理由にふられてしまう。菜摘はそれでも碧をあきらめられず、つきあうことになった。束の間の幸せを感じるふたりだが、ある日碧が倒れてしまって…。命の大切さ、切なさに涙が止まらない、感動作！

ISBN978-4-8137-0426-3
定価：本体560円＋税

ブルーレーベル

『君の消えた青空にも、いつかきっと銀の雨。』岩長咲耶《いわながさくや》・著

奏の高校には『雨の日に相合傘で校門を通ったふたりは結ばれる』というジンクスがある。クラスメイトの凱斗にずっと片想いしていた奏は、凱斗に相合傘に誘われることを夢見ていた。だが、ある女生徒の自殺の後、凱斗から「お前とは付き合えない」と告げられる。凱斗は辛い秘密を抱えていて…？

ISBN978-4-8137-0425-6
定価：本体560円＋税

ブルーレーベル

『キミが死ぬまで、あと5日』西羽咲花月《にしわざきかつき》・著

高2のイズミの同級生が謎の死を遂げる。その原因が、学生を中心に流行っている人気の呟きサイトから拡散されてきた動画にあることを友人のリナから聞き、イズミたちは動画に隠された秘密を探りに行く。だけど、高校生たちは次々と死んでいき…。イズミたちは死の連鎖を止められるのか⁉

ISBN978-4-8137-0427-0
定価：本体580円＋税

ブラックレーベル

ケータイ小説文庫　好評の既刊

『もっと、俺のそばにおいで。』ゆいっと・著

高１の花恋は、学校で王子様的存在の笹本くんが好き。引っ込み思案な花恋だけど友達の協力もあって、メッセージをやり取りできるまでの仲に！　浮かれていたある日、スマホを落として誰かのものと取り違えてしまう。その相手は、イケメンだけど無愛想でクールな同級生・青山くんで——。

ISBN978-4-8137-0403-4
定価：本体 590 円＋税

ピンクレーベル

『矢野くん、ラブレターを受け取ってくれますか？』TSUKI《ツキ》・著

学校で人気者の矢野星司にひとめぼれした美憂。彼あてのラブレターを、学校イチの不良・矢野拓磨にひろわれ、勘違いされてしまう。怖くて断れない美憂は、しぶしぶ拓磨と付き合うことに。最初は怖がっていたが、拓磨の優しさにだんだん惹かれていく。そんな時、星司に告白されてしまって…。

ISBN978-4-8137-0404-1
定価：本体 590 円＋税

ピンクレーベル

『俺が絶対、好きって言わせてみせるから。』青山《あおやま》そらら・著

お嬢様の桃果の婚約者は学園の王子様・翼。だけど普通の恋愛に憧れる桃果は、親が決めた婚約に猛反発！　優しくて、積極的で、しかもとことん甘い翼に次第に惹かれていくものの、意地っぱりな桃果は自分の気持ちに気づかないふりをしていた。そんなある日、超絶美人な転校生がやってきて…。

ISBN978-4-8137-0387-7
定価：本体 570 円＋税

ピンクレーベル

『ほんとはずっと、君が好き。』善生《ぜんしょう》茉由佳《まゆか》・著

高１の雛子は駄菓子屋の娘。クールだけど面倒見がいい蛍と、チャラいけど優しい光希と幼なじみ。雛子は光希にずっと片想いしているけど、光希には「ヒナは本当の意味で俺に恋してるわけじゃないよ」と言われてしまう。そんな光希の態度に雛子は傷つくけど、蛍は不器用ながらも優しくて…？

ISBN978-4-8137-0386-0
定価：本体 590 円＋税

ピンクレーベル